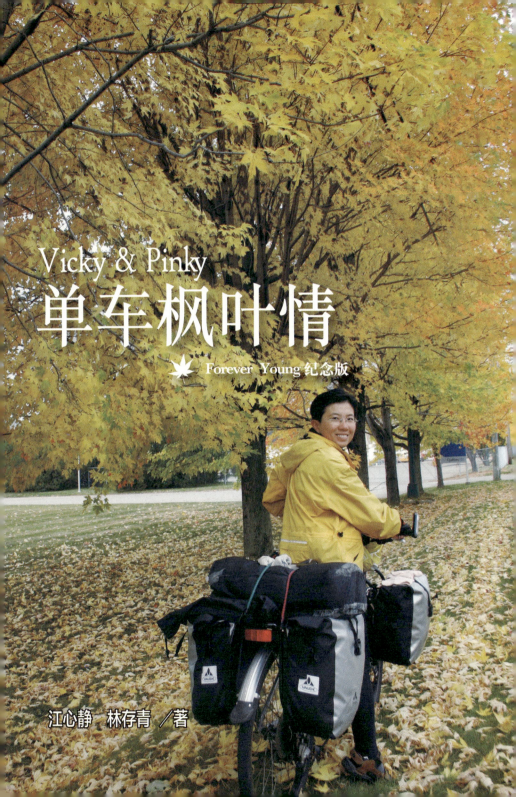

contents

【推荐序】

序言　加拿大驻华大使　赵朴　　　　　　　　　　　　004

一加一大于二　台湾《经典》杂志总编辑　王志宏　　　006

拿努克礼赞　台湾作家·出版人　吴继文　　　　　　　008

南天下的回音　台湾知名作家　夏祖丽　　　　　　　　012

充满人生哲理的游记　加拿大艾伯塔省旅游局大中华区总监　杨春玉　　013

【简体字版序言】

加拿大，我的心灵故乡　　　　　　　　　　　　　　　014

【前　言】

新两人三脚的旅程　　　　　　　　　　　　　　　　　016

【缘　起】

来自加拿大的邀请　　　　　　　　　　　　　　　　　020

绿色森林
加拿大（温哥华岛与周边群岛）

森林密语（新诗）

艺术家之岛　　　　　　　　　　　　　　　　　　　　028

吉姆爷爷的后花园　　　　　　　　　　　　　　　　　038

无人岛岩穴温泉　　　　　　　　　　　　　　　　　　044

我的岛居岁月　　　　　　　　　　　　　　　　　　　052

走过生命的幽谷　　　　　　　　　　　　　　　　　　066

洛矶山火车之旅　　　　　　　　　　　　　　　　　　072

蓝色旅程

加拿大（安大略省、魁北克省）

旱鸭子的夏天（新诗）
迷你邮局的莲花	080
杰米嬉游记	088
温暖的日出	098
听见莲花开的声音	112

美国（新英格兰地区、纽约州、密歇根州）

图书馆奇缘	122
我只是来借个电话	131
安佩斯特的单车家庭	137
瓦尔登湖的晓星	150
纽约州观音风暴	162
心是一把钥匙	170
美加边境漂流	180
我在这里等你	192

红色枫情

加拿大（安大略省、魁北克省、新伯伦瑞克省、新斯科细亚省）

枯叶蝶翩翩飞过（新诗）
多伦多街头	202
寒风中的麻油鸡	212
圣劳伦斯河枫叶大道	222
法兰西斯的等待	234
在终点欢呼的凯西	248
爱在加拿大	260

【附 录】

读者分享	272
单车旅行路线	280
单车旅行实务	284
单车旅行Q&A	286

序言

加拿大驻华大使 赵朴

我很高兴有机会为此书写贺词。这本江心静（Pinky）叙述，林存青（Vicky）花了一百三十七天以单车横越加拿大五千五百公里的游记，讲述了多数加拿大人无缘见识的加拿大。我祝贺她们完成旅程，同时要感谢她们通过此书分享她们的经历。这是一个值得讲述的故事，感谢上海复旦大学出版社用简体中文出版此书，并把两位对加拿大的探索发现更近一步地呈现给中国大陆的朋友。

这是我第四次被派驻到中国工作，我见证了在过去几年里加中双边关系的发展。近年来加拿大高层多次访问中国，包括2012年加拿大总理访华，以及2013年加拿大总督访华。这些访问的一个共同主题就是在诸如教育、旅游等相关领域里进行交流的重要性。这些交流有助于建立跨文化的了解，增强加拿大和中国两国友好关系并为加拿大和中国人民建立更深入的联结。自从2010年中国政府批准加拿大成为旅游目的地国家以来，中国赴加拿大旅游人数强劲增长，毫无疑问当我们的关系不断增进，这个趋势将会持续。希望中国游客尽情享受探索加拿大的乐趣，正如我很享受探索中国的不同风貌。

不论这是一次非同世界任何地方的原野探险，享受纯净大自然，或是在加拿大某个城市里体验丰富多彩的文化，都值得旅游者细细品味。透过心静仿佛身历其境的文字，跟随存青单车轨迹，体验北极光、落矶山脉和尼亚加拉瀑布，以及漫游无数加拿大村镇和城市，与来自不同地方的加拿大人分享人生故事，品尝美味健康的加拿大食品。我希望存青和心静在本书呈现的精彩旅程激励每一个想要到加拿大体验探险与友谊的旅人，不论是长途或是短期旅行。

加拿大拥有吸引每一个人的独特魅力，我鼓励你亲身体会，此刻，先透过本书展开加拿大之旅吧！

Preface

Guy Saint-Jacques

Ambassador of Canada to the People's Republic of China

I am pleased to have the opportunity to write congratulatory words for this book, which tells about the 137 day, 5,500km journey of Vicky and Pinky, who have seen Canada in a way that most Canadians haven't. I congratulate them on their trip, and thank them for sharing their experience through this book. Theirs is a story worth recounting, and I would also like to thank Fudan University Press for publishing the book in simplified Chinese, bringing the duo's discovery of Canada closer to our mainland China friends.

This is my fourth posting to China, and I have witnessed the development of our bilateral relationship over the years. There have been numerous Canadian high-level visits to China in recent years, including by our Prime Minister in 2012, and our Governor General in 2013. A common theme to these visits is the importance of exchanges related to areas such as tourism and education. These exchanges help build cross-cultural awareness; they help create the people-to-people links that deepen and grow the Canada-China relationship. Since China granted Canada Approved Destination Status in 2010, the number of Chinese visitors to Canada has grown exponentially. I have no doubt that this trend will continue as our ties become even stronger. I hope that Chinese visitors to Canada enjoy discovering Canada as much as I have and am enjoying discovering the many faces of China.

Whether it is a wilderness adventure unlike anywhere in the world, enjoying our pristine environment, or a rich cultural experience in one of Canada's great cities, there is plenty for visitors to do and see in Canada. Vicky and Pinky have seen natural wonders such as the Northern Lights, the Rocky Mountains and Niagara Falls, and they have also spent time in countless Canadian villages, towns and cities. They have met Canadians from all over the country and shared stories with them. They have sampled delicious and healthy Canadian food specialties. I hope that the story Vicky and Pinky recount in this book inspires others to seek adventure and friendship in Canada, no matter how big or small their tour is.

In Canada, there is something for everyone. I encourage you to go and see for yourself. In the meantime, enjoy the reading journey!

推荐序

一加一大于二

台湾《经典》杂志总编辑　王志宏

存青与心静一段时间就会找我一次，总是有说不完的新鲜事。尤其是存青，她总是唱作俱佳，在她神奇的组织与表达能力下，总是能将我说得一愣一愣地。有一回来找我，那一回竟聊到她们去问了前世之事，结果，这某高人竟然说存青前世是一个修行人，而令人喷饭的是：心静竟是她的上师。如果稍微了解到她们俩过去的人，从两人大学不念了，打算去骑单车环台，然后骑车环球……似乎永远让人感觉是由存青在主导，而心静永远是一副因为误交了损友，或误上贼船而不得不随顺因缘的态度。在舞台上，存青永远是主角，心静总觉得像是配角一般。这回答案揭晓，有点倒置的感觉，原本认为这绝对是搞错了……

但这回从本书中，总算晓得她们两个各自所扮演的角色了。

原本开始读这本书仍有些心不甘情不愿的，但一个章节下来，就觉得这本书果然"怪怪地"。这个"怪怪地"的感觉与过去存青的文字给我的简明印象不同，反而比较像是听了存青的一场现场演讲，除了原本的语言外，还结合了场地、音效还加上她的丰富肢体语言等的综效。

《单车枫叶情》仍旧有个不寻常的旅行（去加拿大是平常，但骑单车是不平常，而且是一个台湾女子那更不寻常）为主轴，但却是个有目的的旅行，不是看到路就骑到它尽头的灰涩苦闷式文·温德斯（Wilhelm Ernst Wenders）公路电影的剧情，而是书写出一股仿如单车车轮贴地般的流畅，并与万物无隔阂的贴近感。

这个起初"怪怪地"的感觉，让我欲罢不能地随着存青的行程，犹如链条间的环环相接，竟一口气将之读完。我知晓《单车枫叶情》的呈现，对存青来说可是大大地精进了一层。她已不再是《单车环球梦》中处处好奇的存青了，她在这趟旅行中所呈现的沉稳与雍容，无论是初拜访的异地或是初邂逅的陌生人，都有一种不强求的态度，于是一些地点，一群人，一些阅读到最后都连接成了一段段明亮、坦敞、结合深度与内省的旅程。藉由拜访者与被拜访者互动，来丰富彼此人生阅历的积极态度，更是一种将旅行视为自我修炼的道场——从旅行中得到启发，亦乐于去启发旁人。

必须说明的是，这本书文字上的那位捉刀者，大概是比原旅行者本人还了解自己。

管理学上有一种叫"综效"的名词，最简单的表达就是一加一大于二。实际上，这趟旅行如果还是存青强拉心静同行，那这本书会截然不同，我们应该会再读到心静在哪里摔车，或是不幸住院的故事；如果仅是存青自己书写，那将无法写出她原本想要表明的。于是仍是存青加上心静，但心静不再骑单车（对她来说也应该是一种解脱，她当时去了一趟尼泊尔与西藏，文字历练可能因而更深了一层），反而是当成一个访问者与知己的角度，她闭关一个月，专心地将存青的旅行藉由旅行中的札记本、由互通的电子邮件、由所阅读的书、由每日存青的口述中，来书写出一段更精彩深刻的旅行。这就是一加一大于二的最好诠释吧！

现在我终究晓得，上辈子心静是存青的上师，那不是没道理的，看起来这辈子也仍是。我现在有点担心，这本《单车枫叶情》，会不会造成未来的台湾单车旅行女子，都学存青一般，到处去按陌生人家的门铃……

推荐序
拿努克礼赞

台湾作家·出版人　**吴继文**

不管什么时候，你抬头望天，想到世界各地上空，此时此刻至少同时有六千多架民航客机，载着百万旅客，在高度数万英尺的地方（以整个地球的尺度而言）非常缓慢地漂移，你首先也许会感到不可思议，然后呢？然后，如果是我的话，我会觉得很累。

纯就速度与安全性而言，飞机肯定优于其他交通工具。汽车事故之多就不用说了，在斯里兰卡和印度，我曾多次经过火车脱轨和落桥的现场，也曾在日本目睹我准备搭乘前往海参崴的一艘俄罗斯籍客货轮翻覆港中。我知道有些人很喜欢搭飞机；如果是长途旅行，飞机其实也是最经济的选择。但我也知道很多人和我一样有着幽闭恐惧。

对大多数只能选择飞机经济舱作长程移动的人来说，在极为局促的空间被定时喂食，客观而言，是介于养鸡场的肉鸡和植物人之间的状态；如果你又全程无法入睡，那你的处境比在警局发着恶臭的小房间中接受刑求的犯人根本好不了多少。我说的其实就是自己。当我想到每天都有那么多人或兴奋或无奈地要忍受这种荒谬酷刑，就会感到很累很累。

我同意在某些情况下，快就是舒适。如果每个人都得像几百年前的马可·波罗一样，冒着生命危险渡过地中海的波涛，穿越中亚的无垠沙漠，跋涉东突厥斯坦的雪山，应付沿途各国的税吏与盗匪，花费好几年时间才能往来一趟欧亚，也许你一辈子都不会想去亚力山德里亚、大马士革、君士坦丁堡或威尼斯，更到不了美洲与澳洲。

幸或不幸，现在我们有多种选择，结果多数人选择飞行，随身携带笨重行李——我们自己编织的时间牢笼。比方我那些常换工作的朋友们，年假永远不会超过十天，预算有限，还能怎样？

至于暂时逃出牢笼余悸犹存的我，这几年的旅行，则是尽可能将速度放慢，能不搭飞机就不搭，在迟缓得有如永远醒不过来的梦一般的夜行列车或挤成沙丁鱼罐头的野鸡车中自得其乐，以骑单车、徒步、搭空荡荡（因为没什么人知晓）的客货轮完成我的旅行。这其中，航海最悠闲最特别，步行最从容，骑车最为自由，也因为自由而特别愉悦。

◇

梅雨锋面逼近的二〇〇五年五月第一个礼拜，在存青和心静陪同下，三个人骑车从台中出发北上。记得高一暑假第一次骑车远行，也是和两个同班同学，从中部沿台三线转台一线南下垦丁。这一次我们说好要走台三线，也就是串连了东势、卓兰、大湖、三湾、北埔、大溪那条早年所谓"番汉交界线"的山路，风景好，平日车子也少。计划中存青、心静将陪骑到北埔为止，之后我将单独上路骑回台北。

存青将她远征加拿大、特别以极北原住民为名的"拿努克"（Nanook，也就是本书另一位主角）出借，让我好不虚荣。从存青、心静环球骑乘时期开始，她们在旅途上每隔一阵子就发信回来，总是有许多美妙不可思议的遭遇，让我开心得仿如与她们同行；加拿大之旅亦不例外。如今拿努克就在脚下，两位车坛天后并肩而骑，同行梦想毕竟成真。为了宣示成为单车一族决心，也是为往后长途骑乘需要，当了数十年四眼田鸡的我，利用这次机会总算克服心理障碍，配了一副隐形眼镜。

出发前日，我们先将车子骑到车行检修，老板赖先生不经意提到"丰原到后里的自行车道开放啰"；他说的是利用台铁旧山线大甲溪铁桥、九号隧道整备而成的单车专用道,存青当下决定改变路线,先骑骑丰后车道再说。一如以往,她当然都是对的!那条新车道并不长,却美妙刺激到不行,只有亲身体会才知道。

之后我们盘桓于三义一带山水之间,邂逅一个接一个传奇有趣的人物,无非不期而遇,因而备觉惊喜。我们在一路飘着桐花幽香的绿色隧道穿行,在成千上万泽蛙、树蛙鸣叫声中于湖畔夜宿;因为半途链条故障,拿努克和我必须搭便车从山上回返市集修理,使得我们骑乘半天结果进度归零,却也因此而可以理直气壮搭车前往北埔拜访可爱的大隘山庄主人(所以三个人心里都暗暗感谢拿努克)。

那时节即将入梅,虽盛夏未至却暑气袭人,但有存青、心静为伴,终日一派闲适,且笑声不断,尽管行程波折,也能随遇而安,很有点不朽俳人同时也是伟大旅者松尾芭蕉(西元一六四四—一六九四)路上的况味:"身无分文,途中无虑。宽步以代轿,晚食以充饥,其味甘旨,胜于鱼肉。居无定所,行无定处,朝发无定时。一日惟有二愿:夜能安宿,足有草履。区区小事,如此足矣。旅次之中,心情时时变换,意绪日日更新。倘偶遇稍解风雅之人,不胜欣喜。"(《笈中小札》)我终于见识到这两位非凡女性的旅行神髓,也不时忆及她们过去远游的路上许多令人印象深刻的画面。比方本书中提到的,梭罗的瓦尔登湖的一夜。

◇

存青在描述那个绝对的夜晚时,眼神清亮而深邃,让我不禁想到另一位我心仪的单车旅行家,爱尔兰的黛芙拉·墨菲(Dervla Murphy)。四十年前,当和她的洛西南特(Rozinante)狼狈蹒跚于印度河上游杳无人烟的高地峡谷间,尽管那是她所见过最荒凉的景色,但她却说:

这片完整无缺的沉静、这片没有任何可以勾起与人类相关事物记忆的景致，造就了一种绝无仅有的自由感……有一刻，我甚至不再感受到那个（包括我自己生命在内的）不真实的（外在）世界，而只活在当下，只不过我是用一种抽离了自己之为人、用一种梦境般的方式活着。（《单骑伴我走天涯》，马可波罗出版）

我想存青必定也是置身于那"完整无缺的沉静"之中，并且和梭罗纯真而素朴的心灵合一。

告别存青、心静回到台北，梅雨季正式降临。一个云层很低的周末下午，我戴着隐形眼镜，骑上拿努克，从内湖穿越大半个台北市前往木栅访友，却忘了时间，离开时已是午夜；才骑没多远，豆大雨点开始漫天盖地扑来。我穿上轻便雨衣，决定继续骑下去，那时庄敬隧道附近昏黑的军功路汇聚了山坡雨水，迅速变成急流小溪，拿努克没有车灯，但作为长途旅行车的它坚实的车架此刻只会让我感到稳重可靠，因此一点都不害怕。我因为拿努克而得到解放：人一旦不再恐惧，他就获得了自由。

我在大雨倾盆的深夜骑了一个半钟头才回到家，全身湿透，却满心喜悦。我拍拍拿努克，然后去洗澡更衣，很快又置身于熟悉的、温暖干燥的日常空间；回想不久前的一切，仿如梦境。是的，在一些幽暗的路段，当我在重重雨幕的围场中专心一意踩踏前进，即使偶有汽、机车滑过身旁，但那时除了雨声我似乎什么也没听到。对我而言，也许那就是某种陌生的沉静，有那么一刻，那么"完整无缺的沉静"。

推荐序

南天下的回音

台湾知名作家　夏祖丽

存青、心静,你们好:

收到《单车枫叶情》,一连读了两遍。昨天我们澳洲女作家协会聚会,我带了书去,花了四十分钟介绍,她们六人(Esobel、Bobby、Jossie、Chris、Ingrid)听得睁大眼睛,十分有兴趣,最后一致要我向你们致意,还问:"何不译成英文,销到加拿大去?"

这本书的人文深度及情感深度都很够,书前的两篇序很好,我与王志宏的想法也颇接近,记得两年前我曾在长途电话中向你们表达过,也许当时词不达意吧!我的意思是生命中或旅途中高潮太多,未必是好,因为不可能每一次都能超越上一次,但读了这本书,我很感动、舒服,感到你们已走过风华喧哗,回到本质,很棒!你们很幸运有王志宏、吴继文两位良师益友。

尤其喜欢你们明净的文字,这是时下写作者最难能可贵的资产,千万别放弃,看到一些作者,放弃质朴,追求华丽造作,初读之下,似乎有点创意,但再看下去,却只见到作者举着一面文字大旗及硬挤出来的感情,挡在湖光山色前挥舞,让读者如雾里看花,这类文章我常常努力一读再读,想找出点什么,最后导致消化不良,好可惜!林海音的写作原则就是文字要舒服!

我要买几本送给加拿大及台湾的朋友,祝福!

推荐序

充满人生哲理的游记

加拿大艾伯塔省旅游局大中华区总监　杨春玉

接到存青和心静邀我为《单车枫叶情》纪念版写推荐序时，我刚从加拿大返台。这次在洛矶山脉班夫国家公园，三天两夜里经历了四季变化，从艳阳高照、风雨交加到瑞雪纷飞。

存青在书里说："我从来不担心天气，我没办法决定天气的好坏，重要的是面对天气的心情，不管刮风下雨或是风和日丽，都很好。"从容好心情是看待一切的要领，对于常旅行的我而言，懂得事先准备，自然能从容面对突发的天候考验。

十多年前，当存青独自骑单车，由阿拉斯加经加拿大到美国西部，旅途中她同步发稿到当时的民生报，我就注意到她了，"心想，她是什么样的女孩？"对于从事旅游推广都会女子的我，她的单车旅行新鲜又刺激。几年后因缘际会，存青出现在我的办公室，带来她加拿大的梦，计划单车横越北美五大湖，发现我们都是 AB 型狮子座，顿感惺惺相惜，当时尽力提供意见与协助，后来在书中看她在加拿大旅程的奇遇，得到很多出乎意料的惊喜。

《单车枫叶情》与其说是旅游书，不如说是充满人生哲理的游记。相信读者阅读这本书时，透过心静仿佛身历其境的奇妙文字，能充分体会加拿大的自然风光和温暖人情。

简体字版序言

加拿大，我的心灵故乡

林存青

对旅人而言，每一趟旅行都是呼应内心的召唤而来，下定决心出发的人，不论遭遇多大的艰辛和考验，都将从旅程中学习克服挑战面对自己，而抵达终点所获得的，往往在起心动念那一刻就已经决定。

从二十多年前背起行囊踏上旅程，至今旅行了将近五十个国家，其中三十几国选择了对地球最温柔的交通工具：单车。靠自己的力量踩踏前进，让我能更接近土地、自然和当地人生活，用最缓慢的速度欣赏世界最美的风景。

加拿大是单骑造访过最喜爱的国家，一九九八年七月从阿拉斯加展开单车环球之旅，沿着以自然景观著名的阿拉斯加公路（Alaska Highway）一路往南，进入加拿大育空省（Yukon），经洛矶山脉，到不列颠哥伦比亚省（British Columbia）的温哥华，第一次北美单骑的体验，感受到满满自然能量，在荒野中独处，与心灵进行深层对话，进而获得内心的平静喜悦，至今仍是我生命中最宝贵的回忆。

二〇〇四年夏天，因为奇妙的缘分和邀请，再次单骑横越加拿大和美国东北部新英格兰地区，《单车枫叶情》这本书是我和多年旅伴心静，以两人三脚的方式合作完成的单车游记。五个月的旅程中，那些素不相识却与我分享生命感动，进而相知相惜的朋友，就像上天派来的天使，帮助我的灵性成长，这些内在转变在后来的几年仍持续发酵，让我的生命更趋圆满。

最近重读了十八年前买的书《山径之旅》(*Blind Courage*)，是一九九二年美国第一位全程走完阿巴拉契山径的盲人比尔·艾文（Bill Irwin）和他的导盲犬欧里安（Orient）的故事，他们花了八个月走过十四个州，阿巴拉契山径是世界最长的山径，从美东的乔治亚州（Georgia）一直往北到缅因州（Maine），共两千一百英里。即使视力正常的人都不一定能完成此壮举，比尔在险峻的山径上曾经一天摔伤五十次，他突破内心恐惧、自然环境和天候挑战等困境，在忠实的导盲犬陪伴下，一起坚持走完全程，勇气和毅力令人感动，阅读这本书，仿如也经历了一场心灵之旅。

《山径之旅》的部分旅程经过佛蒙特州、新罕布什尔州、马萨诸塞州，让我想起了北美的骑行经历，特别是作者提到在山野中即使看不到，他也能透过身体感官感受周围自然的能量，温度和湿度的变化，慢慢适应回归自然的简单生活本能，这是长程登山健行和单车旅行相似之处，能让人反璞归真，用心感受。

曾有人问过海伦·凯勒（Helen Keller，十九世纪美国盲聋女作家和教育家）："你能看得见这个世界吗？"她回答："我当然能看得见，这也就是为什么我会这样快乐。你们是用眼睛看，所见到世人所创造的世界，而我却是用心看，所见的是上帝所创造的世界。"

很开心复旦大学出版社继《单车环球梦》后，再将这本书介绍给大陆读者，希望大家能与我一起用心体会这趟奇妙的旅程，相信大家也会爱上加拿大，我的心灵故乡。

2013 年 11 月 15 日于台湾台中蓝色空间

前言

新两人三脚的旅程

林存青

对我而言,这是一趟无与伦比的奇妙旅程,这本书的诞生更是我和心静多年情谊和默契所产生的梦幻结晶。

从加拿大回来,心静常问我:"你回来了吗?"虽然人回到台湾,感觉心还留在加拿大,她不只在我旅行期间,担任后援,独自扛起工作室,又要面对回来后魂不守舍的我。在一个月马不停蹄的演讲和采访后,我的身体严重抗议,感觉全身快要爆炸似的,和刚从加拿大回来的友人碰面,精通医药的她建议我看中医调养,隔天到她介绍的中医诊所,唐医师听诊后,得知我刚完成加拿大四个多月的单车旅行,笑着说:"难怪你气场那么乱,在加拿大空气好,你四个多月都接触大自然能量,回到台湾当然不适应。"接受他的针灸、拔罐和气功治疗后,终于能够放松了,他又建议我练气功、打太极,保持身心平衡,没多久就

感受到气功的神奇效果,力邀心静一起练,这个决定后来和加拿大这本书产生了奇妙联结。

恢复精神后,开始和朋友分享旅途中的奇遇,听得如痴如醉的听众总是说:"你赶快把这些精彩的故事写出来。"心静当时正沉迷在印裔作家"奈保尔"的《印度三部曲》,她说:"你一路遇到这么多朋友,情节曲折离奇,最好像奈保尔一样,用小说的笔法来写,可以让读者身历其境。"拜托,他可是诺贝尔文学奖得主耶,经过几个月的苦思,感觉肩头的压力愈来愈沉重,还是找不到出路。

后来和好友继文碰面,他忽然提出一个疯狂想法,身为资深出版人及小说家的他以专业自信说:"我认为这本书要由心静来写。"我忍不住说:"可是她没有去加拿大。"他不以为意地说:"相信我,以我对你们两人的了解,你的叙述加上她的文笔,一定会写出一本精彩游记,心静是唯一真正了解你,又亲身体验过单车旅行的人。"

"那不就是两人三脚?"听了他的提议,我欣喜地说,心静的脸却如遭受晴天霹雳般一阵红一阵白。那天回家路上,认真思考这个建议后,看着心静说:"这可能是我们新的合作方式,你一直希望我用小说的笔法来写,恐怕以现阶段的我来说,心有余而力不足,不如我们一起

用你说的方式来完成。"那时,心静的表情真的令人难忘,像是在呐喊:"这一切都是我自找的。"

闭关写书那一个多月,没有外界干扰,我们每天早上先练气功,精神饱满,然后我用照片和影像讲故事,心静做笔记,询问细节以及每件事对我的影响,旅程中内心的变化等,她听完后,带着满满笔记,脸色惨白,独自到另一个房间研究相关资料,上网查加拿大资讯,过了一两天,她就会露出疲惫笑容说:"写好了,你看一下。"感觉我是导演,她是演员,我们像两人拍片小组,用电影手法来写这本书。

一开始时有争执,几天后,我们越来越有默契,甚至到了出神入化的地步,有时心静写着写着会忽然大笑,我问她:"怎么了?"她说:"大卫好好笑。"她的表情像看到他站在眼前。更不可思议的是,我看了她写的文章,常觉得她也到了加拿大,和我一起经历了那一切,甚至很多我没有注意到的细节,她却用文字表达得淋漓尽致。最后几天,她甚至做梦都梦到她是我,深深陷在离开加拿大前的沮丧和不舍。

两人三脚地完成这本书后,心静分享写作心情:"很高兴有机会参与这本书,我学到很多。"这不只是我的旅程,也是她的旅程,当然,也是正在看书的你的旅程……

后来和唐医师聊到写书过程,他马上说:"那是因为你们用脑波在

沟通,练习气功到心灵清净的阶段,脑波可以传达很多讯息,对写作一定有帮助。"记得我很喜欢的一部法国电影《喜马拉雅》,里面的年轻喇嘛说过一段很棒的话:"壁画自己会决定它什么时候要完成!"这本书在奇妙的因缘聚集下完成了,就像我始终相信的真理,上天自然会告诉我们该怎么做。

  这次的加拿大之旅和以往的单车环球之旅完全不同,它是我告别三十岁青春之旅!在终点,我知道这样的旅程永远不可能再重来,它让我重新检视了自己对生命的态度,旅途中偶遇的朋友真诚分享的生命故事,透过大自然的疗愈和自己内在神性的对话,这些碰撞所产生的体悟彻底地改变了我,感觉就像是拿着工具把原来遮住光芒的石块敲掉,一点一滴显露出自己的本质,然后学会全然地接受自我。

  我相信做什么事,重要的是心,希望这份心意,可以透过这本书分享给更多人,不论什么时候,我们都可以决定自己的人生要往哪里走,重要的是要爱自己,让自己幸福快乐,然后让周围的每一个人都和自己一样,这样不管走到哪里,哪里都是天堂,所有遇到的人都可以是我们的家人……

缘起

来自加拿大的邀请

> 有一天早晨醒来,侧耳倾听时,忽然觉得好像听到远方的大鼓声。从很遥远的地方,从很遥远的时间,传来那大鼓的声音,非常微弱。我开始想无论如何,都要去作一次长长的旅行。
>
> ——村上春树《远方的鼓声》

结束九百二十二天的单车环球之旅,当飞机准备降落中正机场,俯视桃园的地貌,既熟悉又陌生,将展开完全不同的生活了。

迅速卷入岛屿的快速节奏中,写旅行,整理旅行照片,成立工作室,搭车,谈旅行,搭车,教旅行,在小小的岛上,到处奔波。一天天过去,看着照片中开朗的笑容,忽然发现,单车旅行已经离我很遥远了,从早忙到深夜,不知不觉变成一个上紧发条的工作机器。

　　年初，意外收到加拿大友人戴安的伊妹儿，六年前在阿拉斯加公路相遇，她是第一个表达善意的陌生人，一杯热巧克力，鼓舞了我前进的勇气，可惜当初写地址的字迹无法辨识，失去了联络，深藏心中的遗憾穿越时空，有了美丽的惊叹号，不久前她无意中发现我的名片，热情邀请我拜访她在加拿大东岸魁北克省的家。

　　初春，在满满行程的空当，拿出加拿大地图，突然有一个疯狂的想法，不想搭飞机直接飞到魁北克省拜访戴安娜，如果骑单车横越加拿大到达东岸，她看到一个风尘仆仆的单车骑士，千里来访，就像当初相遇的情景，一定会惊声尖叫。

　　一个来自加拿大的邀请，唤起了旅行的渴望，不是度假，而是一次长长的旅行，抛开现实的一切，到一个广阔的地方，一个人自由自在，用双脚踩踏大地，以车轮印出一道长长的痕迹，从小就喜欢罕无人迹的地方，一九九八年从阿拉斯加一路到加州纵贯北美洲，一共花了一百六十七天，骑了六千五百公里，随着大自然的节奏呼吸，很怀念那种置身天堂的感觉。

　　忍不住开始规划路线，美加边境五大湖区的蓝首先吸引了我的目光，小学第一次在世界地图上看到五大湖时，觉得很像五个手指，是造

物主当初在捏塑地形时,不小心印上去的指印,后来积水,就变成现在的五大湖,想象每天在湖光中骑车的快乐,无限向往。

其次,加拿大西岸外海的温哥华岛也是一直想要探索的地方,面积和台湾差不多,人口只有七十多万,首府维多利亚在南,人口主要分布在东岸,好像是台湾地形的颠倒。看着地图上的翠绿色彩,想要去温哥华岛西岸的岩洞温泉,看海泡汤,也想去瓜达拉岛探访《岛居岁月》一书所描绘的原始岛屿景色。

考虑到夏天的短暂,计划从温哥华到中部的温尼伯,搭一段火车,穿越落矶山脉,可以有更多的时间在温哥华岛及五大湖区旅行,用荧光笔在地图上画线,本来两个月的旅行延长成四个半月,春末出发到西岸的温哥华,横跨加拿大,直到枫红抵达加拿大东岸。

为了赶在暑假旺季前出发,从动念到成行,只有短短一个月的时间,在原来既定的紧凑行程中,抓紧每一分钟准备,那种疯狂的混乱情景,就像一个陀螺,急速旋转中,已看不清陀螺的形状,只感到昏眩,当然,是两个陀螺,心静无怨无悔全程参与,担任后援,结束社大的旅行课、赶办加签及美签、准备行李、找资料、联络……最后一天,匆忙赶到摄影器材行,买了一台数码摄影机及一堆空白光碟,当场学习操作

方法，还有一大堆的琐事待办，和登机的时间赛跑，简直是把一周的工作量在一天内完成。

以前出境，都会在十天前开始打包，每天检视行李，这次忙到没时间好好整理，匆匆把所有的行李塞在一个大帆布袋里，两个人以跑百米的精神冲到机场，眼睛都睁不开了，下车时不小心掉了一包珍贵的礼物，我先赶去登机，心静在机场大厅来回寻找，徒劳无功，临上飞机前，叮咛她好好休息一下，再准备她梦想已久的尼泊尔和西藏之旅。

雄心万丈地出发，行李中带了很多配备，全新的数码摄影机，想要留下影像记录，详尽的旅游资料和地图，计划将来写一本单车旅行指南，还有《瓦尔登湖》和《岛居岁月》两本书，一个人旅行的精神食粮。

等到踏上旅程，才知道原来以为重要的东西，一点也不重要，千里迢迢到达黛安家，和我原来期望的完全不同，只好临时改变行程，这次从太平洋到大西洋的旅程，就像顺流而下的石头，一路碰撞，遇到两次巨大的撞击，尖锐的火山岩，磨成平滑圆润的鹅卵石……

这次旅行,几乎每天都泡在水中,海水、河水、溪水、湖水,一点一滴卸下心中的恐惧和局限,变得像水一样简单,像水草一样放松。

绿色森林
——温哥华岛与周边群岛

《森林密语》

　　奔跑　都市跑步机
　　生存里程数　疲劳时速　灵魂卡路里
　　数字审判人生

　　一阵若有似无的香气
　　在梦的边缘　呼唤
　　迷途游子

　　飞越千里
　　躺在你的怀抱
　　冰凉春风轻吻肌肤
　　澄澈露珠洗净蒙尘的心

　　悄悄话　贴着你的耳边说
　　不要告诉别人
　　他们不懂
　　火把的孤独

　　点燃吧
　　发芽的记忆　茁壮的风雨
　　在火光中跳舞
　　永恒的安眠

艺术家之岛

我常常自忖,是靠了多少个因缘的聚合,我才会得以身处现在所身处的地方。
——弗兰西斯·梅耶思
《托斯卡尼艳阳下》

飞机上,像一颗石头一动也不动,一路昏睡到温哥华,清晨抵达时,昏昏沉沉,最后一个走出机门,马上有人叫我的名字,忽然间惊醒,第一次刚下飞机还没走出海关就被人叫住。一个留平头蓄着小胡子,长得像日本欧吉桑的人走过来,他自我介绍是彼得,原来是台湾友人在温哥华机场工作的朋友,在他协助下,以最快速度通过海关。

他问:"温哥华朋友事先联络了吗?"我摇头,很难解释出发前忙到没时间联络的复杂情况,他亲切递上手机,如梦似幻地打电话给友人,她还在睡梦中,吓了一大跳,一个小时后出现在机场,把我接到她家。刚开始几天,完全不像一个兴高采烈的旅行者,却像一个呆滞老人,脑中一片空白,不知何去何从,斐萍生活在悠闲的温哥华,很难了解我的疲惫,不过,虽然在台湾只是一面之缘,她大方提供住处,让我稍微恢复体力,调整旅行心情。

接下来几天旧地重游,六年前的北美单车之旅,温哥华是我最喜欢的城市,史坦利公园、中国城、不列颠哥伦比亚大学、格兰维尔岛,到处闲逛,适应一下新单车,最好玩的是在史坦利公园门口,遇到一群骑单车值勤务的警察,其中有一位高大帅哥是单车技

师,听到我计划横越加拿大后,兴奋试骑我从台湾带来的单车,还特别帮我调整手刹。

　　休息了一个多星期,重新打包装备,把一些用不到的东西寄存在斐萍家,她开车载我到温哥华南边的斯瓦森港(Tsawwassen),在渡轮码头遇到五六十个青春洋溢的初中生,在夏令营老师的带领下,每个人全副武装牵着载满行李的单车,和我搭同一艘船到加利安诺岛(Galiano Island),准备在岛上骑单车旅行。看到他们充满朝气的表情,开始有旅行的心情,上路了。

小岛时光

　　在加利安诺岛上的露营区待了两天,再次搭上渡轮,加利安诺岛逐渐消失在后方,海水在阳光下闪闪发光,经过一座又一座杉木蓊郁的岛屿,看到很多孤悬在海岸的别墅,视野绝佳,有的下方还放了一艘独木舟,遗世独立,却又有便利水路,不禁幻想以后老了可以住在这种地方,海阔天空。从加利安诺岛到盐泉岛(Salt Spring Island)搭的是交通船,船票便宜,回程船上只有我一个乘客,船长和老师兴奋地讨论度假计划,今天是学校上课最后一天,明天开始有一个多月的暑假,船上充满欢乐气氛。

温哥华（Vancouver）背倚洛矶山，面向太平洋，属温带海洋性气候，四季宜人，人口约五十万，是全世界最适合居住的城市之一，也是对单车骑士非常友善的城市。

温哥华岛湖畔野营。

上岸后,先到游客中心拿免费地图,然后在餐厅享受烤羊排大餐,据说,盐泉岛有加拿大最好的羊肉,最特别的是厨师的私房薄荷酱,和羊肉搭配得恰到好处,鲜美羊肉吃来清爽可口,一点也没有羊肉常有的骚味。吃完,服务生看我研究地图,主动推荐北边的圣玛丽湖(St. Mary Lake),看着地图上的蓝,决定到圣玛丽湖旁露营,连露营区也不想去,尽量远离人工设施,我只需要一个地方搭帐篷,有水盥洗就够了。

荒野,我来了。

找到湖畔一个隐秘处,灌木丛围绕着沙滩,形成天然屏障,清澈湖水近在咫尺,就像一个大洗脸台,对着湖面刷牙、洗脸,看着自己的脸随涟漪扭曲,对岸的桧木林随着地形排列,水面冒出几丛芦苇,迎风摇曳,森林特有香气中,混杂了一点海水味道,海中之岛,岛中之湖,没做什么特别的事,一个人,却好快乐,一阵喧闹鸟叫传来,原来是潜鸟大声嘲笑。

久违的野营,整夜都听到水声,感觉湖水近在耳边,轻声细语,免费的自然音乐。清晨,再次用湖水刷牙、洗脸,有一种洗心革面的清爽,在都市中,每天有太多事要做,总觉得时间不够,是我要的太多,还是受了外界影响,觉得我"缺乏"很多,逐渐迷失在物质追求中,记得梭罗在《瓦尔登湖》中说:

"大多数生活的奢侈品以及许多所谓生活享受,不仅不是不可或缺的,而且对人类的提升,构成一种绝对障碍。"

很想念单车旅行,再次上路,却发现受到"都市化"的感染,准备了太多行李,沉重单车就像重型机车一样,移动不易,尤其是上坡,简直像老牛拖车,双脚酸痛不已,决定找机会把全部行李摊开,好好检视,什么是必要的,什么是奢侈品及所谓生活享受,唯有全然放下,包括行李及心理,才能轻松前进!

单车旅行的第一课——简朴就是享乐,越简单越没有负担。

在加拿大遇见普罗旺斯

盐泉岛离温哥华不远,居住环境佳,农产丰富,吸引了很多艺术家进驻,小小的岛上散布了三十多家艺廊和工作室,我计划下午搭渡轮到温哥华岛,时间不多,正不知如何选择,在离港口不远的路旁看到一个精巧招牌上写着"法国乡村家饰",好奇弯进去看,一栋法国农舍,前面是薰衣草园,中间有一座小喷泉,地上铺设了细石子,好像法国南部,房子左侧有一间外形像童话屋的工作室,一走进去,色彩明亮,充满普罗旺斯乡村风格,鲜黄色墙壁,各式各样的桌布、坐垫、窗帘和娃娃都由缤纷棉布做成,包含了土耳其蓝花卉图案、翠绿叶子、黄色花边、白色蕾丝。有一位老太太正在裁布,她夹了一个眼镜在头顶的金发柔亮俏丽,穿了一件桃红低胸背心,搭配七分袖紧身外套,性感又有魅力,没看过这个年纪的女人,如此迷人。

她抬起头,微笑说:"我在忙,请你先逛一下。"

她亲手做的家饰,温馨精致,还有一些普罗旺斯进口布料,可爱手工香皂和手工蜡烛,想起在法国骑单车旅行时,葡萄园、古堡、品酒、

黛琳娜和先生退休后,在盐泉岛上盖普罗旺斯乡村风格的房子,过着理想的生活。

乳酪，漫游山居岁月的悠闲时光。

"你的作品让我想到普罗旺斯的美食美酒。"忍不住走过去和她分享法国旅行经验。

"我们的房子就是仿自普罗旺斯一座喜欢的庄园，不过建材原来是石头，我们改成加拿大木头……"她停下手中工作，聊了起来。她先生在大学工作，十一年前退休，当时土地便宜，于是买了这块二公亩的土地，从温哥华搬到这里，一砖一瓦打造家园，她拿了一张照片给我看，那是他们在普罗旺斯旅行时看到的"理想家园"原型，完成后，住在温哥华的子女，也常常带孙子回来探望。

小岛生活悠闲，为了打发时间，她决定重拾自己年轻的兴趣——裁缝，没想到她的设计美感大受欢迎，慢慢发展成小生意，现在还从法国南部进口布料，顾客包括了岛上居民和外地游客，看到六十六岁的她——黛琳娜，神采奕奕地谈生活和工作，脸上充满了快乐与自信。

灵机一动，我跑到外面，在车袋找出一面小旗和结合了加拿大及台湾旗帜的别针送给她做纪念，她惊喜地说："好美的旗啊。"

我也挑了一张她自制的手工卡片，心静一定会喜欢这张盛开的紫球花卡片，称赞她的取景和光线有专业水准，她说只要看到美的景物就想透过镜头捕捉当下的感动，付账时，黛琳娜却坚持要送我，还邀请我到家中共进午餐。

走进她家客厅，像是法国人的家，粉色花卉抽象画，雕花木柜，艺术气息浓厚。厨房落地窗外，一片鲜绿和蓝天，她靠着贴着白磁砖的原木料理台，边准备午餐，边聊起市集，周末时，岛上居民会拿自己种的农产品到市集出售，有人卖自制果酱、奶酪和手工面包，也有艺术家展售作品，街头表演，大家借机见面聊天。她准备了一盘生菜沙拉，切了几片裸麦面包、几片烟熏牛肉，一小碟腌橄榄，还有鹅肝酱及岛上有名

 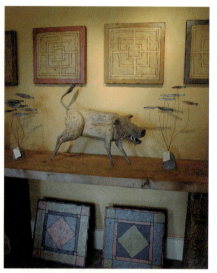

蓝马木雕工作主人保罗。　　　　　蓝马木雕工作。

的山羊起司。这时，黛琳娜的先生回来了，一起享用清爽健康的午餐。

餐后，她问："你去过其他艺术工作室了吗？"老实回答没有，她说："那我带你去蓝马木雕工作室，岛上最有名的，我也快一年没去了。"说完，她挂上"暂停营业"的牌子，关上店门。

"帮我看一下路。"在车上握着驾驶盘的黛琳娜，紧张万分，年纪大开车不方便，她却坚持要带路。

蓝马木雕工作室是夫妻档，刚好黛琳娜熟识的太太出国去了，由男主人保罗介绍，他做了很多动物造型的木雕艺术品，自由奔放，用色大胆，又有朴拙趣味，我最喜欢一只蓝色猫咪，简单线条传神表现猫咪神态。保罗和太太接受过很多杂志专访，是岛上极具潜力的艺术家。

回程路上，黛琳娜喃喃说岛上人口愈来愈多，对于水资源及环境都会造成影响。不过，一生操劳家务的她很喜欢她的"退休"生活，可以

发挥美感的工作,又可以认识很多朋友。"就像今天认识你,"说到这,她顽皮地眨了一下眼睛。"那我不就是从年轻开始过退休生活?"两个相差三十多岁的女人,开怀大笑。

刚回到她的工作室又进来几个日本游客,她们连连发出惊叹声,买了好几个手提袋及坐垫。最后道别时,黛琳娜神采飞扬,连连挥手,走到马路旁,看着当初吸引我走进去的招牌,本来这里只是到温哥华岛的中继站,地图上一个陌生岛屿,却因为分享,认识了黛琳娜,感觉像是插了一面友谊的旗,希望再次拜访。

再见了,艺术家之岛,再见,黛琳娜。

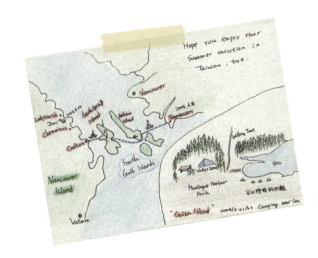

吉姆爷爷的后花园

如果上帝创造了自然,我们就应该尊重它;如果没有上帝,那么,自然就是人类的创造者,我们更有尊重它的理由。
——索尔·海尔达《绿色安息日》

第一眼看到吉姆(Jim),他头戴棒球帽,穿着蓝格子衬衫和牛仔裤,最特别的是他的眼睛,除了瞳孔中央一小点外,其他是纯粹的蓝,那是一种从没看过的澄澈,就像深山泉水,应该出现在未染世事的婴儿脸上,却在一个皱纹满面的老人脸上,展露一朵纯真羞怯的笑容。

他是我询问的第四个人,下午从盐泉岛搭渡轮到温哥华岛,不到十几分钟就抵达对岸的克罗腾(Croften),一路往北骑,想在壁画小镇茜美纳斯(Chemainus)住青年旅馆,可惜两个月前歇业了。先到超级市场买了吐司、香蕉、冷冻鲑鱼排、红萝卜和高丽菜,骑到海边公园,加拿大夏天日照时间长,草地上有一家人在野餐,公园取水方便又有桌椅,我煮了一锅鲑鱼蔬菜汤配白饭,欣赏海景,享受幸福的晚餐。忽然看到一个流浪汉在公园内垃圾桶找东西吃,赶紧把圆面包拿去送他,在社会福利国家,选择这样生活,可能有难言苦衷吧!

吃完饭继续往北骑,沿途看到一些民宿,询问了三家,最便宜也要台币一千元,心想刚开始旅行,要节省一点。骑到九点多,想找地方

吉姆和蕾塔给我温暖的祝福。

温哥华岛很适合单骑。

好好休息,看到路边一位老先生在花园里浇水,我问他附近是否有露营区,他说:"如果你喜欢,就在我家后院露营吧!我家后院有几百坪的草地,而且这几天刚整理过,很适合搭帐篷,你还可以到后面溪流玩水。"他指着花圃旁的矮树丛说:"这里有很多成熟的洛根莓(Loganberry),你尽量摘来吃,我们过几天要出门度假,不吃可惜。"

"对了,你吃过晚餐了吗?要不要到我家一起吃晚餐。"初识的吉姆直率地询问。

"谢谢,我已经吃过了,我想先把帐篷搭起来,可以搭在储藏室旁边吗?"虽然已经晚上九点多了,天还很亮,这是夏天在加拿大旅行的好处。

"没问题,你有什么需要,就进屋子里,一楼车库的门都会开着,浴室在里面,我太太会为你准备毛巾。"洗完舒服热水澡,一钻进睡袋,沉沉地睡去。

清晨在狗叫声中醒来,走出帐篷,吉姆带狗散步回来,他邀我到

家里共进早餐,他太太蕾塔(Rheta)准备了炒蛋、吐司、果酱、麦片、牛奶,典型的加拿大早餐,闲谈中,发现看来精神奕奕的吉姆已经七十二岁了。

吉姆指着客厅玻璃柜里的日本娃娃,说他年轻时到日本出差过几次,我告诉他二十岁那年曾在东京念书一年,对东方文化非常好奇的他,听我分享日本生活见闻,睁大了眼睛惊叹不已,也谈起他自己的一生。

贴近生命本质生活

他从小喜欢大自然,高中毕业后到温哥华念不列颠哥伦比亚大学森林管理系,大二时因为不能适应都市生活而辍学,他笑着说:"我很不喜欢学校教育,强迫一群人在教室里听教授讲课,我是因为喜爱森林才选择森林管理系,那时,每天都想念家乡的森林,加上林业公司愿意马上提供我工作机会,决心回故乡发展,工作四十多年才退休。我很庆幸一直住在自己出生的土地上。"他听到我大二时也选择离开学校,呵呵大笑,一切尽在不言中,对于习惯自学的人来说,集中一群人在固定时间上课的制式教育,实在不是一种有效率的学习。

"一个人和土地的关系愈亲密,生活愈好。"他一辈子住在温哥华岛,像是泄露一个大秘密的表情诉说他的人生哲理,就像电影《香料共

吉姆爷爷的后花园,保持原始生态,如同世外桃源。

和国》里以不同香味比喻人生，模拟星球的爷爷，在阴暗阁楼为孙子揭示了一个丰富世界。

"而且，一个人生活愈贴近生命本质，愈容易累积财富。"他分析一般人在都市生活因为成本高，没办法悠闲生活，汲汲营营，反而付出更大代价。他透露刚和儿子合资在亚伯尼海湾（Port Alberni）买了一间老房子，正在整修，位于海边悬崖上，必须开四轮传动的车才能抵达。"我喜欢安静，想搬到那里过与世隔绝的生活。"他无限向往地说。看着窗外森林环绕，原来这里还不算与世隔绝。

吃完早餐，他带我去后院散步——说是后院，却像走入了国家公园，他像解说员，身手敏捷穿梭林道，指点我看周围的一景一物，这只软虫是香蕉蛞蝓（Banana Slug），那几棵大约要四个人合抱的北美红桧（red cedar）属于原生种，他指着一片外来种的攀缘植物，说它们侵占了原生植物的生存空间。

尊重自然的智慧

"这些是野生鲑莓（Salmon Berry），你看它们像不像鲑鱼卵，尝尝看，很甜喔！"吉姆指着小径旁一棵长满金黄色浆果的植物。

接着，又看到一株长满红色小浆果的植物，我问他："这些也能吃吗？""那是越橘莓（Huckleberry），尝起来比较酸！"我们边走边采野生浆果吃，滋味鲜美。

林道尽头是一道二水分流的小瀑布，清澈溪水形成了天然游泳池，"这里离出海口只有几百米，等到秋天，会有几百只鲑鱼回游，吸引熊来此施展捕鱼特技，我有一天早晨散步看到五只黑熊，全家出动来这里吃早餐。"他眨眨眼说，熊也爱吃他家后院的苹果。

听吉姆诉说秋天枫叶、冬天森林和溪流冰封的结晶，想到《香料共和国》最后一幕，长大变成天文物理学家的孙子再回到阁楼，人事全非，喜怒哀乐的人生滋味尝遍，但在他想象中，就像站在一个充满星球的宇宙，周围环绕着无穷神秘事物。

吉姆选择他最喜欢的生活——尊重大自然，欣赏大自然，把平凡生活变成一个小宇宙，一生悠游其中，难怪他的眼睛有那样的蓝光，那是天空、溪流、海水孕育的奇妙光辉。

吉姆无意中为我指引了一条道路，他免费提供后院让我露营，接下来，我将会遇到更多可爱陌生人，透过真心交流，看到更多美丽花园。

无人岛岩穴温泉

从人类建造第一艘能漂浮的船开始，远早于人类驯马、发明汽车和在未开垦的丛林里开路，海洋就一直是人类的公路。
——索尔·海尔达
《康提基号海上漂流记》

平常就爱泡温泉，旅行中更是向往温泉，千辛万苦也要一尝泡汤的喜悦，这次锁定的岩穴温泉（Hot Spring Coves），位于温哥华岛西岸托菲诺（Tofino）外海无人荒岛上，随着一天天接近，愈来愈兴奋。

沿着四号公路往温哥华岛西岸，一整天在大太阳下骑车，全身发热，看到清澈湖水，忍不住换了泳衣下水，全身浸泡在卡麦隆湖（Cameron Lake）湖水中，六月底湖水仍然冰凉，原来烦躁尽消，仰望蓝天，四周是高耸的北美红桧，桧木林散发心旷神怡的清香。

在亚伯尼港（Port Alberni）附近露营区待了一晚，隔天早上八点搭蒸汽渡轮前往西岸出海口乌克雷（Ucluelet），蒸汽船玫瑰小姐号四月到九月间，固定航行于柏克雷海湾间，四个半小时航行，悠闲地在甲板上享受自然风光，沿途看到峭壁上有许多度假别墅，只能靠水路出入，猜想吉姆与世隔绝的别墅应该在附近。

接近乌克雷时，海面上有许多人划独木舟，靠岸后，许多游客上岸参观，然后将搭船回去，他们参加的是海湾一日游。码头上有三对单车骑士准备搭船,刚好和我走相反路线,其中一位美国来的骑士告诉我接下来非常美,而且有许多很棒的露营区。

海滩满月奇景

温哥华岛西岸的环太平洋国家公园(Pacific Rim National Park)以几十公里的海滩闻名,一直延伸至托菲诺海域是著名赏鲸路线,乌克雷至托菲诺约四十公里,一路是海景公路。

在绿点露营区露营,正前方,夕阳把一波波涌来的浪变成火龙,沙滩就像是散落一地的金,水火交融,另一侧,灰蓝色天空,有一轮银白如琉璃的满月,下方一片乌云随行,梦幻迷离,第一次同时看到落日和满月的奇景。

往托菲诺沿途都是度假旅馆、民宿和露营区,不愧是户外活动圣地,镇上到处是旅行社,安排赏鲸、冲浪、划独木舟和海钓活动。

岩穴温泉位于马基纳海洋公园(Maquinna Provincial Marine Park)内,据说马基纳是西元十八世纪印第安努特卡族恶名昭彰的酋长名字,马基纳海洋公园在托菲诺北方外海,搭船约一个小时航程,一般人大多参加六小时温泉团,或搭水上飞机当天往返,我则计划搭交通船抵达,独自在无人岛生活三天,好好体验泡汤乐趣。

在超市买好食物,前往一号码头询问班次,等了好久,才等到当地人搭乘的最后一班船。搭船时原住民船长看到我带单车,一脸疑惑,原来岛上根本没有公路,只有一条二公里长的木栈道通往温泉,下船后,

岩穴温泉无人岛上没有公路,整座岛被巨大红桧、冷杉、云杉森林所覆盖。

穿过丛林小径到离码头不远的露营区，看到原始露营区一无所有，暗暗计算食物分量，从小向往鲁滨逊漂流荒岛的生活，如今有机会独自在荒岛过夜，兴奋远大于害怕。

无人岛温泉秘境

搭好帐篷，往温泉方向走，木栈道两旁都是潮湿茂盛的雨林，巨大红桧、冷杉、云杉树干上面覆盖着厚厚一层西班牙藓，扭曲树根间隙长满了蕨类，浓密树叶遮住了日光，阴冷气氛就像电影《魔戒》的奇幻世界，大约半小时后走到尽头，眼睛一亮。

七彩岩壁上有一道温泉瀑布流泻，烟雾弥漫，滚烫温泉落下后在岩壁间形成五六个高低落差不一的天然温泉池，往下一池的温泉会冷些，因为混合较多海水，涨潮时会淹没最下方两池，冷热适中的温泉池，最受欢迎，温泉池经过一天两次海水的天然清洗，异常洁净。

在浓烈硫磺味中，找了一个可以看到海湾的池子，一泡下去，疲劳尽消，每一个毛孔都叹了一口气，太舒服了，千里迢迢赶来的辛苦都值得了，早已数不清为了泡汤搭了几次船。发现滑滑温泉水非常清澈，水中落叶、岩石纹路清晰可见。泡了一会儿，喜欢探险的老毛病又犯了，攀爬岩壁往上寻找，在温泉瀑布上方，找到冒泡涌出的出泉口，高达摄氏四十七度，终年出水不断，附近岩石堆积不少灰黄白相间的温泉粉。

第一天傍晚，温泉池还有几位游客，但是第二天开始，早晚都只有我一个人，脱光衣服，自由自在，泡汤不习惯穿泳衣，在太平洋海风吹抚下，泡在热腾腾温泉中，海斯基特族（Hesquiat）类似龙舟的木船驶过海面，想象自己上辈子是西北沿岸原住民，从小就会捕鱼、划船探险、潜水游泳，把宽广海洋当作平坦公路，往来各个岛屿，可能也到过岩穴温泉泡汤。想到自称温泉迷的心静，如果她也在，看到这个完全没有任何人工设施破坏的温泉池，一定会感动地流下眼泪。

　　三天在无人岛悠闲地看海，泡汤，丛林探险，摘野莓，野炊，感觉自己与大自然融合，享受与世隔绝的快乐。在约定时间到达码头，看到交通船和船长出现，真舍不得离去，全身充满了温泉的能量，希望这个原始的岩穴温泉，永远保持原貌。

天然野溪温泉就在海边,有人划独木舟前来泡汤。

那一刻,学会放开自己,唯有随水漂流,开放自己的灵魂,自然接受命运的安排,才是真正的安全,一颗坚硬的石头终于体会到柔软的道理了。

我的岛居岁月

　当我终于在一个岛屿定居下来时,我感觉已经完成了一个圆;从西印度群岛的圣路西亚到发现群岛的瓜达拉。多么丰富、广阔的一个圆呀。
　　　　——希拉蕊·史都华《岛居岁月》

不知道会不会见到希拉蕊本人?

三年前,阅读加拿大作家希拉蕊女士所写的《岛居岁月》(马可·波罗出版)时,她自然优美的如诗行笔,生动写实的素描,传神描写了她远离尘嚣的瓜达拉岛屿生活,岛上丰富的动植物生态,原住民文化和纯朴人情,依着四季变化的海岸风光,在我脑中构筑了一幅如天堂乐园的生活。

看完书,对照书上手绘地图,在加拿大地图上找出小岛确切位置,瓜达拉岛位于温哥华岛东北部外海,温哥华岛则位于不列颠哥伦比亚省西岸外海,想象有一天可以造访这个世外桃源的小岛,甚至亲睹希拉蕊女士亲手打造的梦想木屋。走过天涯海角,回到熟悉城市定居,工作及生活机能都非常方便,内心渴望却愈来愈强烈,从小梦想能在大自然盖一间木屋,与动物为邻,享受晴耕雨读的简单生活……

想象装上了翅膀,飞越千里到达加拿大,从温哥华出发,前后经过七座岛屿,终于站在前往瓜达拉岛的渡船上,再次看书,书中抽象字句,已经变成真实风景,真是令人振奋的时刻,旅途疲惫,一扫而空,恨不得插翅飞到梦想木屋,又怕打扰希拉蕊女士。

希拉蕊女士幽默地谈到岛民和渡船的爱恨情仇:

不列颠哥伦比亚省外海有许多岛屿,有的近,有的远;有些岛屿容易通达,有些不然;有些岛人口稠密,有些只是零星住着一些顽强的生命。岛屿并非适合每一个人,特别是当你错过最后一班返家的渡船,必须在旅游旺季设法到旅馆找个床位——或是睡在车里,等待翌日清晨下一班渡船的时候。

从坎贝尔河镇(Campbell River)搭乘渡船,十分钟左右就抵达瓜达拉岛南边的瓜希亚斯基湾(Quathiaski Cove),先在码头附近买了食物。

前往青年旅馆途中,看到黄蕊白花的法国菊、蔓生黄紫罗兰,还有一整排海滩豆(看起来像豌豆,有些豆夹已成熟变黑,上头覆盖白色绒毛,就像是旗杆上飘扬的旗子),这些植物都曾经出现在希拉蕊女士画的素描上,看到立体化实品,迎风摇曳,非常亲切。发现了一大片野生覆盆子,赶紧停下单车,摘下树丛中的暗红色浆果往嘴巴里送,甜美多汁,天然维他命C果汁。

心想事成

鹭屋青年旅馆位于海芮特湾(Heriot Bay)附近,两层楼木屋,我抵达时女主人琳达正准备出门遛狗，顶着利落红发，绿色保暖衣、卡其短裤、运动凉鞋，一身休闲打扮，她要我先进去休息，有任何需要再找她。

隔天早上，我拿着《岛居岁月》询问琳达是否认识希拉蕊女士：

"我因为看了这本书，专程来瓜达拉岛，这本书是中文版编辑推荐的，我自己也写游记。"琳达好奇地翻看《岛居岁月》中文版及《单车环球梦》的彩色照片，爽快地说：

"我们是很熟的朋友，希拉蕊曾经提过她的书将被翻译成中文，不知道她自己看过了没，我拨个电话给她，她可能也想认识你。"

"太好了，如果希拉蕊女士方便的话，真希望能和她碰面。"心中燃起一丝希望。

琳达自己住在靠海的木造别墅，花园种植了很多花草，用漂流木做成篱笆和桌椅。散步时看到好几种野生浆果，对照书中的素描，认识了覆盆子、鲑莓、顶针莓和越橘莓等，摘了一些当早餐，每一种口感及甜度都不同，真是太幸福了。

上午骑单车到里贝卡沙洲，清澈海水是近景，对岸连绵的加拿大海岸山脉是远景，布满圆石的海滩上有很多奇形怪状的漂流木，东挑西拣，真想把一整座沙滩搬回家，最后，捡了一块如手掌大小的漂流木，上面有深浅两色如中国泼墨山水，旅途中，最喜欢收集这种大自然杰作。可惜，单车承载重量有限，只能收集"小件"。

傍晚回来时遇到琳达，她满脸通红，说："我邀了希拉蕊明天下午来喝茶，她没想到会有台湾读者来，希望和你碰面。"

"真的吗？太感谢你了，我要请她在中文版上签名。明天早上我搭船到东边的科提斯岛玩，下午回来。"

斗提斯岛上花鹿数量多，常在公路旁与它们相遇。

科提斯岛漫游

第三天早上,到海芮特湾搭乘科提斯女王号,渡轮缓缓地离开码头,周围被岛屿和群山环绕,在甲板上吹风,看到海鸟俯冲水面攫取小鱼,"咻!"完美的飞行表演。

在船上遇到一对骑协力车旅行的德国夫妇,先生在加州工作,利用三星期假期,和太太一起到加拿大骑单车旅行,他们以温哥华为起点,先到外海几个小岛,走阳光海岸(Sunshine coast)返回温哥华,他们打算绕科提斯岛一圈,搭下午渡轮回瓜达拉岛。

半小时左右,科提斯岛出现了,码头附近停了几艘私人游艇,船公司职员说岛上约有八百多位居民,大多是退休人士,少数为公家和船公司服务,夏季人口多一点,冬季非常冷清,看那些孤立在海边岩壁上的别墅,非常适合闭关写作,没有外界干扰,还可以天天看海,也许可以把工作室搬来这里,更有灵感。

上岸后,照自己速度往镇上骑,上下起伏大,有些吃力,发现花鹿悠闲地走过马路,在路旁吃草,原来"小心花鹿!"的警示标示不是开玩笑的;野生樱桃树上,长了许多娇艳欲滴的黑樱桃,挡不住诱惑停下来,边摘边享受夏天美味。

镇上只有几栋房子,一间小邮局和一家小超市,一般游客绝迹,连加拿大地图也没有标示的岛,五分钟就逛完了。海岸世界却充满了刺激,在圆石海滩漫步,听到一阵沙沙声,辨别方向翻开大石头,抓到一只急行行的紫岸蟹,欣赏它紫色白腹的美丽外形,一放生,它马上冲向海边,发现清澈海水中还有两只红色海星、一条斑斓海蛇和两只紫岸蟹,也许相约去听美人鱼唱歌,不该耽误它们。

在海岸石头的缝隙,发现各式各样海藻,书中提到可以氽烫拌奶油来吃的海莴苣,透明轻薄,就像可口紫菜,一般东方人爱吃藻类,西

方餐桌上很少发现。还看到几种适合压平拓印成卡片的海藻,尤其是褐藻,当地原住民当作漏斗用球茎,就像咖啡色大蝌蚪,令人爱不释手。

一老一少,相见恨晚

下午回青年旅馆,在约定时间到琳达家,走进门就被眼前海景所吸引,面海落地窗外就是海滩和海洋,"哇!实在太美了,能住在这样的房子,每天看海真是幸福。"我惊叹地说。

"就因为这风景,我才舍不得把我父母留给我的房子卖掉。"琳达为我泡茶,聊起她回故乡经营青年旅馆缘由,她邀我下回住海边船屋,那里是她小时候最喜欢的秘密花园。

没多久,希拉蕊女士开车抵达,见到她本人吓一大跳,书中作者照片看起来大约五十岁,她却已七十多岁了,淡金色短发,布满皱纹的粉红色脸庞,一双淡蓝色眼睛炯炯有神,戴着原住民银饰项链,穿着土耳其蓝蝴蝶图案上衣。她认真看了《岛居岁月》中文版好一会儿,准备签名。

"阳光透过乌云缝隙照射在海面上,好美。"写完,转头看到落地窗的景致,凝视片刻,陶醉地指引我们去看她发现的"美景",不由得想到只有这样纤细温柔的心,才能把旅游指南只有"几行简略介绍的"小岛,写成"一本充满生命的书"。

希拉蕊家第一次出现两头野生公鹿。

她描写的瓜达拉岛充满了原始吸引力：

瓜达拉岛从一端到另一端，若以老鹰飞行的距离估算，全长三十七公里。宽阔的北端是高起的悬崖和层峦叠翠的山峰，道路和人烟稀少，不过却零星散落着一些可爱的湖泊和蜿蜒的健行小径……

瓜达拉岛轮廓像是用钢丝锯切割出来的一般，崎岖海岸线有着大量海湾、岬湾、港口和岬角，剩下的碎片则散落海面，形成离岛。

拿出赏鸟协会制作的台湾鸟类素描明信片、台湾中英文地图胸针当作见面礼，她欣喜地一一细看，特别喜欢台湾鸟类，和岛上的鸟互相参照，直说台湾特有的冠羽画眉"好可爱"！

喝完琳达煮的红茶，希拉蕊开始津津有味地"看"《单车环球梦》，她本身擅长太平洋和北美西北岸原住民文化，研究材料散布各地，为了写作常在旅途上奔波,所以也算是半个"地球人",我俩交换旅行趣闻,分享工作心得,发现我们有很多共同点——人生目标简单,却一定要做到够了才会罢手,待人和善,做事却要求一百分,少一分都不行,多年旅伴心静常说我是"有洁癖的单车骑士,连帐篷都三天两头洗得干干净净"。

琳达斜倚着头以手支颐,笑容满面听着一老一少像唱双簧似"相见恨晚",可惜我之前在温哥华岛花了太多时间,明天就必须离开了,最后,希拉蕊提及她家在码头附近,力邀我在离去前到访。

造访《岛居岁月》作者

隔天早晨,根据她的手绘地图,先看到"这种"造型的漂流木,直走,就会看到"那种"图案的门牌,毫不费力骑单车找到"和书中一模一样"的希拉蕊家,院子里有一颗巨石是为了纪念他哥哥

的"彼得之石",一楼露台有漂流木做成的动物造型木椅,她喝咖啡聆听鸟鸣的地方,走进木屋,印象最深刻的是在屋角的绘图桌,周围散布着铅笔、圆珠笔、口红胶、小刀、尺及各种便条纸等文具,桌面上字迹斑斑,布满了直线及点,她特别设计的挑高窗户,满眼绿意,想象她在桌前奋笔直书,偶尔抬起头和野生动物打招呼的动人身影。

楼梯间的储物柜放满了原稿和手绘图,是她一生心血,走到楼上阁

楼，一间有蓝色床单的客房，墙上挂了原住民拓印，她说："下次你来就可以住这里，大窗户和阳台，视野很棒。"我跟在她身后走到阳台上，

"咦，院子里来了两头鹿，居然是两只公鹿，这十几年从来没看过两头野生公鹿一起出现。"我赶快拿出相机捕捉这个奇景，开玩笑说："也许是它们知道你有访客，来凑热闹。"希拉蕊开心地点点头。

在她的写作生活中，鹿是不可少的朋友，书中有很多鹿的趣事：

从卧室的窗户望出去，我发现一只埋首吃草的母鹿，一路吃着吃着，越过了草坪，来到屋旁的花圃。当它弯下脖子开始大嚼香雪球时，我敲了敲玻璃。母鹿抬起头，吃惊地用它那双充满信任的大眼凝视着我。我半开玩笑地，其实也有着充分理由，朝它挥挥手说："不！不要吃我的花。让它们留在那儿，求求你！"这只鹿像听命似的，掉头走开。

回到楼下客厅，她提到不久前岛上刚举行过的击鼓传统，每逢月圆，晚间八点，一群人在里贝卡沙滩击鼓，将满月击上天。她顺手拿出一个印着原住民图案的鼓，开始打了起来，鼓声低沉雄厚，她诉说满月随着丰富鼓声从加拿大海岸山脉升起，映照着宁静海面，七十多岁的人，像小孩子一样手舞足蹈。

这个充满故事的房子，几乎随手一幅版画，或是一个石头、树枝就有

说不完的故事。我拿起一个兽骨做成的项链问:"好可爱,这也是原住民的作品吗?"她笑着说:"那是我在沙滩上发现的兽骨,经过海水冲刷,表面很平滑,我把小贝壳镶嵌在上头。你喜欢的话就送给你,到我这个年纪,要开始减少拥有的东西了。"珍贵地收下,发现我们都是乐于给予的人,朋友也都知道我喜欢送人礼物,也是送礼高手。言谈间,她幽幽谈她的家人大都去世了,只有住在英国的姐姐和几个侄子健在,现在的她,有很多需要体力的工作已无法胜任,年纪大的人独居还是有许多不便。

为了转换气氛,谈起一位来自阿拉斯加的访客,他的台湾太太是我的读者,罗伯特在炎热夏天来台湾骑单车环岛,我们透过电子邮件约好时间碰面,五十多岁的他看起来像三十岁年轻人,见面后相谈甚欢,他的人生故事非常精彩,三十年前娶了台湾太太,没有孩子,却发挥爱心,经历种种困难领养了三个台湾小孩,组成美满家庭,一家人感情亲密。

"因为那次和读者见面的愉快经验,才会唐突地询问琳达是否有机会拜访您。"

"如果你是住在温哥华,我可能不会有兴趣和你碰面。"希拉蕊女士老实回答,两人大笑。

依依不舍告别希拉蕊,往码头出发,在离开的这个时刻,可以听到海浪拍击岸边的声音,上了渡轮,看到黑脊鸥张开翅膀在天空翱翔,希拉蕊在印度群岛出生,在英国受教育,却在加拿大找到生命的归乡。希望有一天,不管在世界哪一个角落,我也能打造一个充满故事的房子,自在生活⋯⋯

这个梦想,后来在我的第二故乡——台中实现了,我和心静联手打造的蓝色空间,用东方美学塑造温馨家居,收藏全世界带回来的珍贵礼物,纪念处处为家的时光,每天,用旅行的心情生活。

北美西北岸原住民艺术——图腾柱（Totem Poles）。

从人类建造第一艘能漂浮的船开始,远早于人类驯马、发明汽车和在未开垦的丛林里开路,海洋就一直是人类的公路。
——索尔·海尔达(挪威人类学家)

走过生命的幽谷

我们必须改变对经验的反应模式,因为我们的问题不在于有什么经验,而在于面对这些经验的态度。

——阿冈仁波切

从温哥华的台北"经文处",得知有台湾地区移民在温哥华岛经营露营区,非常好奇,一般台湾移民大多住在大城市,很少落脚小镇,更何况是经营露营区,透过伊妹儿和雷素津小姐联络上,很巧的是她看过《世界日报》关于我的报道,已得知我将到温哥华岛骑单车旅行的消息,同样对我感到好奇,欢迎我到露营区。

由于装备过重,晚上九点多才抵达小镇,骑到全身虚脱,到加油站问路,店员在便条纸上为我画了简图,一直到十点多才找到枫林露营区,漆黑中终于找到他们房子,已经累得快要昏倒。一进门,像回到台湾般亲切,木雕弥勒佛、关公和老鹰,本土味必备摆设,雷小姐特地为我做的水饺和玉米汤冷了,她端到瓦斯炉加热,她在厨房一边唱歌一边准备餐具,留着学生头,充满活力,一点也不像快五十岁,已经有三个孩子的妈妈,倒像只长我几岁的大姐。

隔天醒来,观察四周,露营区后方濒临溪流,可以划独木舟出海,河道中有一处河狸用白杨树建的家,四面枫树林环绕,一大片青翠草坪

温哥华岛的原始森林是珍贵的自然资源。

上有几顶帐篷，还有几间露营房车提供长期住宿，是一处风景优美的露营场地。

刚到这里几天，听雷小姐分享异乡创业奋斗过程，林先生原来在台南经营木材业，常进口温哥华岛的桧木，由于十多年前台湾地区禁止伐木，经过评估，决定全家移居加拿大，到温哥华岛东北岸的小镇科特尼（Courtenay）创业，夫妇胼手胝足奋斗，成功创立当地规模最大的木材加工厂。

"比尔·盖茨位于西雅图豪宅里的图书馆就是进口我们公司生产的木材，甲骨文创办人艾利森的度假木屋也是，我先生从年轻就做这一行，累积了专业技术，我们工厂里的机器都是他亲自设计的，其他同业很难跟进。"雷小姐露出自信笑容。

没想到前年由于外在投资环境变化，银行忽然对木材产业紧缩融资，虽然公司营运良好却因不谙加拿大法律，一夕之间所有资产都被银行收回，只剩这块当初为了投资而买的露营区，一帆风顺的家庭遭遇巨变，被迫放弃庞大的本业重新学习。

生命的无限可能

"也许是上天冥冥之中的安排，让我们重新认识生命的无限可能。我都快五十岁了，还申请到奖学金，回大学修观光休闲产业管理课程，每天抱着原文书苦读，每周写英文报告，我的家人都不敢相信。"失去一切却展现生命韧性的她，两眼发光地谈起新生活。

"我希望未来能全心投入观光休闲业，推动台湾地区和加拿大的观光，这是我年轻时渴望做的事，现在得到我先生和孩子的全力支持。"认真务实的林先生潜修中医，默默调适生涯改变，三个小孩还在求学阶段，成熟懂事，半工半读减轻父母负担，两个小孩在外地念书，大儿子

哲宇比一般大学生稳重,读书、打工、交友妥善安排,很有自律精神。

"六年前我辞掉稳定工作,踏上旅程彻底改变了我的人生。筑梦过程中,体认到无论任何时候,不管遭遇多大考验,当一个人知道自己的天命,就要全心以赴地去完成,否则可能会遭到天谴,我们都是压不扁的玫瑰,互相勉励。"紧握住对方,相视一笑。"你就把我家当作补给站,随时回来这里休息。"雷小姐交待。

于是在温哥华岛旅程中,位居交通要冲的枫林露营区成了我的基地,前后拜访三次,到西岸的岩洞温泉及到北边的瓜达拉岛后都回到这里,与他们分享沿途见闻,雷小姐对瓜达拉岛非常向往,希望能有机会拜访希拉蕊女士。

最有趣的是有一天下午,他们一家人都外出,只有我和哲宇的女友艾米莉在家,刚好她父母来访,特地从安大略省开车来温哥华岛玩,顺道把女儿接回家。看他们客气地站在门外,我义不容辞充当主人接待,泡了台湾高山茶,拿出甜甜圈,请大家喝下午茶,美食和笑声马上让气氛热络起来。

来自法语区的丹尼斯和露易丝对台湾非常好奇,我尽量解答,他们对小女儿关怀备至,和加拿大英语区强调独立精神不同。聊到我的旅行路线会经过他们家，夫妻俩诚挚地邀请我，由于这次交会，接下来的旅程，意外地和艾米莉一家人结下不解之缘。

最后一晚，雷小姐煮了丰盛台湾菜，帮我准备便当和点心，隔天一早坚持开车载我到科特尼东边的小河（Little River）码头，感谢她的接待和温暖友谊，看着她的笑容，勇往直前的她，已走过生命幽谷，前方有一片灿烂天空。

渡轮缓缓地驶离岸边，温哥华岛慢慢地消失在视线外，三个多星期旅程仿佛是加拿大之旅的暖身，慢慢脱去城市虚荣，打破身上石膏，找回质朴自己，懂得必须用减法，才能真正享受旅行。抵达对岸的波威尔河（Powell River）后，沿加拿大本土最西边的海洋公路南骑，这段路被称为阳光海岸，充满阳光地骑回温哥华。

艺术家创意木雕"鲑鱼吞黑熊"。

温哥华岛（Vancouver Island），面积与台湾差不多，只有七十多万人，首府维多利亚（Victoria）在南，人口主要分布在东岸，像是台湾地形的颠倒，周边分布大小岛屿，非常适合跳岛慢游之旅。

洛矶山火车之旅

蓝色山影层层叠叠,山陵蜿蜒,在明亮的绿空前沉睡,严肃、威武、勇敢,宛如凯旋后的战士,森林、山谷深邃如暗夜。

——赫曼·赫塞《堤契诺之歌》

"孩子,你是不是走错车厢了?"当我走进加拿大号银色列车的头等舱(Silver&Blue Class)时,白发苍苍的乘客们都转过来看着我,眼中发出疑问。

"我是台湾岛来的旅行作家,幸运得到加拿大旅游局赞助,这是我搭乘头等舱的原因,请多指教。"现场的人听了我唱作俱佳的说明,都笑了出来。梦幻的豪华火车之旅,正式展开,将穿越洛矶山脉抵达加拿大中部最大城温尼伯(Winnipeg),须在火车上度过三天两夜。

说起来,除了单车踩踏轨迹外,全世界火车也搭了不少,生性急躁,却喜欢古典主义的旅行,火车可以尽情欣赏风景,又方便携带单车,比起巴士和飞机,更喜欢这种慢悠悠的交通工具,曾经在新西兰搭乘著名的高山火车,从格雷莫斯(Greymouth)到基督城(Christchurch),欣赏南阿尔卑斯山的秀丽,可惜只有四个半小时,刚吃完前菜,飨宴就结束了。

银色列车顶级体验

几乎搭过五大洲火车，搭乘加拿大号银色列车（The Canadian，VIR Rail Canada）前，依然期待，这可是世界著名豪华火车，从一九五五年开始行驶于温哥华到多伦多间，全长约四千八百公里，全程须花四天三夜，七十二个小时，我的行程是三天两夜，四十个小时（头等舱票价约台币两万元），计划在加拿大中部的温尼伯下车，展开单车之旅。

第一天傍晚在温哥华火车站上车，就像机场登机台，登记后大型行李由工作人员载送到货车厢，我只要拿着随身行李就可以了。上火车后走到单人房，小小房间有一面大窗户，还有电扇、插座、马桶、洗手台、镜子，舒适设备不输饭店，白天的沙发椅，晚上会有整床员来变成床铺，连带换床单服务。旅途中，有人打点一切轻松多了，放好行李，好奇地到处闲逛。

隔壁车厢就是观景列车，透明挑高的圆顶玻璃设计，让三百六十度视野清晰可见，曾经在荷兰海牙参观过全景博物馆，那是十九世纪画家辛苦临摹完成的一百八十度海岸风景画，现在，透过窗户就像看一幅流动全景画，火车离开蓝色港口往内陆前进，出现绿色平缓山谷和山丘，遇到一对计划两年才成行的美国夫妇，他们从上车就紧盯着窗外，不愿浪费一分一秒。

（上）艾伯塔省平原区。
（下）加拿大号银色列车是世界著名豪华火车。（VIR Train 图片提供）

晚餐时刻，大家陆续走到餐车，可以容纳四个人的餐桌，布置了蓝白色精美餐具，晚餐由海鲜浓汤和太平洋沙拉开始，我点了炭烤鲑鱼排当主菜，加了番茄醋的鱼排，鱼肉鲜美爽口，还有加了海盐和迷迭香的烤马铃薯，热腾腾薯泥有淡淡香味。

用餐时，和同桌的黛琳闲聊，她已经八十九岁了，还独自旅行，她告诉我因为喜欢西岸气候，所以住在温哥华老人公寓，她有十二个孙子和十一个曾孙，每年会到多伦多看望儿孙，却因为耳疾没办法搭飞机，所以这趟火车她已搭过九次，可说是识途老马了。其他人都是成双成对，所以，我们这两个相差快要六十岁的忘年之交，常常一起分享座位，她自然变成我的"私人导游"。

"早点睡，明天早点起床看风景。"虽然黛琳特别叮咛，但是躺在大窗户旁，看着夜景，深浅不同的黑，映照山脉形状，满天都是星星，舍不得阖眼，夜晚的火车像喷火巨龙，吃力地蜿蜒爬坡，黑暗中可以感觉，逐渐接近洛矶山脉了。

"真是太美了。"一边享受水果优格、煎蛋总汇、洋芋泥和煎饼的早餐，一边看着窗外的雪山、峭壁、松树林、白得发亮的云朵。

"你看那山头闪闪发光的是冰河，接下来你会看到排列整齐的连绵山峰……"对景物熟悉得就像自家庭园的黛琳，要我注意看一些特别风景，长达几十节的火车，随着铁轨大幅度转弯，面临陡峭湍急溪流，或是翠绿湖泊，就像银色机器蛇一样前进，缓慢行驶速度，让乘客可以清楚看到在山壁上的大角羊和山羊，它们一动也不动地望着我们，可爱极了。

意外旧地重游

隔天中午十一点抵达杰士伯（Jasper）火车站，意外得知有一个多小时停留时间,好像忽然得到一堆糖果的小孩,喜出望外,把握时间快步走过纪念品店、餐厅聚集的大街,直接走到游客中心后面的杰士伯图书馆。外形像童话小屋,里面像是大学教授温馨书房,除了藏书木架外,还有沙发和壁炉,再次坐在古董木桌前写明信片给心静,时光仿佛倒流了:

此刻我正坐在杰士伯图书馆的木制书桌上,六年前,这里是我非常难忘的地方,就像是在家里一样温暖,还记得当时也在这里写信给你。加拿大的火车带我一路欣赏森林、高山、湖泊,昨晚躺在卧铺上,窗外是墨色山脉,繁星点点,仿佛置身梦境,真实又虚幻,和帐篷相当的空间,却是高级享受,火车上的餐点美味可口,还有热水澡,真幸福。

感谢火车在此停留一个多小时,让我能旧地重游。

一九九八年七月底从阿拉斯加出发,往南骑单车到加拿大,漂泊无依,有一段路连帐篷都没有,只能露宿,各地图书馆就是我休息的地方,躲在温暖的杰士伯图书馆看书、上网、写明信片,就像在家一样舒服,心情自然沉静下来,没想到这次由西到东搭火车经过,有机会重访,一次纵贯,一次横越,两条北美洲的旅行轨迹,刚好交会在这个怀念角落。

火车离开杰士伯国家公园后,傍晚到达艾伯塔省会艾德蒙顿,黛琳说,接下来就是平坦的西部平原区了,只有森林、河流、大牧场,偶尔一大片的黄色花海,景观比较无聊,我们两人自然把注意力放到其他乘客身上,行动有点不便的她,一头银发可是梳得一丝不乱,她常在我耳边品头论足,用打小报告的神秘语气说:"你看那个穿牛仔裤年轻人,去年到泰国玩,现在又搭火车头等舱到多伦多要搭机去印度,他一定有一位有钱祖母,继承了一笔丰厚遗产。""那对美国中年夫妇,他们从上车就紧盯窗外,大惊小怪,美国人聒噪爱现,我们加拿大人平和多了。"听完后,我细心观察,发现她的眼光敏锐,充满了智慧,这趟西方快车,她也带领我看了很多的"人生风景",增强我察言观色的功力。

第三天中午十一点半,火车准时抵达温尼伯,四十个小时"咻"一下就过去了,快乐时光总是过得特别快,推着挂满行李的单车走出火车站,告别山高谷深的洛矶山脉,记忆中装满了如明信片般美丽风景,往五大湖前进。

蓝色旅程

——加拿大安大略省、魁北克省
——美国新英格兰地区、纽约州、密歇根州

《旱鸭子的夏天》

水,飘着夏日甜香,

迷惑旱鸭子。

忘了天生的恐水症,
一跃而下。

冷风,捎来深海的讯息,
唤醒百万年本能,
一转身游入花园,
海扇、海星、海百合绽放青春。

踢起两道粼光,
欢乐像水草飘流,
笑声回荡天然音箱,
月光洒落,你的眼似暗夜萤火,
映照一整座海洋、河流及湖泊……

旱鸭子的夏天,眼中充满
水的甜香。

迷你邮局的莲花

我们能够如同莲花一般吗?我们能够接受生命中的苦痛和混乱,在苦痛和混乱之中成长和茁壮,进而成为世间稀有的珍宝,一个真正慈悲的人吗?
——麦克·罗区格西《当和尚遇到钻石》

"千万要小心数以百万计的蚊子,那儿有一种小黑蚊会把你的皮肤咬下来,它们不屈不挠,会追随你几十公里,只为了咬你一口。"出发前,在台湾教英文的加拿大朋友乔听了我的旅行计划,曾经走过相同路线的他,一再用扭曲恐怖的表情描述"可怕的蚊子"。那时候,我和心静都觉得他太夸张了,后来,他也说那是二十五年前的经验,也许现在不一样了。

从温尼伯沿着加拿大一号公路(Trans-Canada Highway)骑,我发现乔说的都——是——真——的,而且一点也不夸张,傍晚经过公路旁休息区,看到草地、桌椅和洗手间,最佳露营地点,没想到一停下来,就遇到数以百万计的蚊子进攻,全身被蚊子大军团团包围,最可怕的是连穿着衣裤的地方也遭受攻击,不到一分钟,已经被叮了几十个包。匆忙骑车逃离,蚊子和大苍蝇一路跟踪,骑到九点多,再也骑不动了,找到露营区,在门口停下来又被叮了满头包,不得已转到另一边的汽车旅馆,单人房一晚要价五十加币,在外面露营免费,决定先在餐厅吃饭,等吃完饭有力气后再做决定。

为了节省旅费，还是决定露营，开始全副武装，在头上罩了一个防蚊帽，再戴上棒球帽，双重保护重点部位，

穿上手套和袜子，在单车上衣外加上防风外套，短裤外面套上雨裤，看起来就像一个养蜂人，如果戴上透明钢盔，就像登陆火星太空人了。顾不得外观，推开门，一步步走向目标区，开始搭帐篷，搭好后迅速冲进去，仍然有几只狡诈的蚊子跑进禁区，看准目标一一击中，检视战况，全身伤痕累累，第一晚就全面溃败，真不知道接下来如何迎敌。

"明尼托巴省因为遍布湖泊，今年夏天又很潮湿，蚊子特别多。"餐厅服务生看我全副武装冲进冲出，瘙痒难当一直抓，非常同情。一连和日夜轮班的蚊子大军奋战了几天，发现露营区桌椅都有特制蚊帐保护，一般车子的挡风玻璃、车牌、引擎盖上面都是惨不忍睹的蚊子尸体。打电话给在台湾的心静，提到脸上肿了几十个包，失血过多，考虑放弃在湖区的单车旅行，她听到不怕狮子的人，却怕小小蚊子，同情地要我见机行事。幸好骑进安大略省后，蚊虫少了很多，傍晚才会出现，这一路都是平坦公路，同样的天空、树林、路牌，骑久了非常无聊，还是高低起伏的道路比较有趣。

倾听心灵的声音

接近小镇卓莱敦（Dryden）时，遇到一个骑单车老先生阿诺，七十

骑进安大略省，路旁商店的动物标本：北美麋鹿（左）、北美灰熊（右）。

岁的他，高大壮硕，戴着单车头盔和墨镜，邀请我一起喝饮料聊天，问他附近露营区位置，他想了一下说："我和儿子一起住公寓，房子很小，如果你不介意，欢迎你到我家住一晚。"看着他诚恳表情，考虑片刻便答应了。

　　走进位于公寓地下室的房子时，却吓了一大跳，像遭受子弹扫射过的灾难现场，衣服随地乱丢，肮脏锅碗瓢盆堆在洗手台上，他到处捡衣服，全堆在墙角，又进厨房找了半天，拿出了一根香蕉请我吃，看他手忙脚乱整理，猜想他目前生活陷入困境，却不像是坏人，心想既来之则安之。他在沙发上准备了枕头和棉被，抱歉地说他和儿子同住，要委屈我睡在沙发上。晚上，儿子和女友回来了，奇怪的是他们对阿诺说话口气充满了不屑，对于老爸朋友非常冷漠，一点也不像一家人，阿诺住在荒芜的都市丛林中，和世界隔着一层透明玻璃，难怪他的眼神有一股难以形容的寂寞和绝望。

　　隔天早上，儿子和女友都去上班了，他对我的包容充满感谢，低声诉说他的婚姻，他退休前是飞行员，收入很高，却在几年前离婚了，重获新生的前妻快乐展开新生活，被抛弃的他没有独自生活能力，对人生完全失去希望，他的儿子也离婚了，孙子跟着妈妈，他不断喃喃地说："我太太会离开都是我的错。"他泪流不止，哽咽到说不出话，我能做的，大概就是真心的倾听和祝福。

　　在他家附近的甜甜圈店吃完早餐，最后道别时，他的眼睛充满泪水，一再对我说："You are a beautiful lady. I will see you in the paradise."仿佛是一种诀别，短短一天偶遇，他再三向我道谢，可能已经很久没人关心他，愿意听他说话。

　　又骑了几天，总算接近五大湖区的苏必利尔湖（Lake Superior）了，前一晚在小镇乌普萨拉（Upsala）湖畔公园露营，没办法洗澡，居民说最

近常有熊出没，发现熊粪便及翻倒的垃圾桶，特别把食物寄放在隔壁露营房车冰箱，整晚睡不安稳。接着一整天在烈日下挥汗前进，骑了一百多公里山路，傍晚坐在路旁一个小邮局前阶梯，全身虚脱，累到想吐。此时，来了一个送邮件货车司机，他看到我脸色难看，送我一瓶芬达，喝了以后，精神好多了，决定在邮局后面草地搭帐篷，明天再继续骑。

走到邮局旁一户住家按门铃，开门的是一位坐在轮椅上的女士萝娜，自我介绍后客气地询问："我可以在邮局旁边草地搭帐篷吗？"她一开始略显惊讶，接着就说没问题。帐篷搭好后，满身汗臭味实在难以忍受，决定再按一次铃，问："不好意思，今天骑一整天车，流了一身汗，方便借你的浴室冲个澡吗？"她慌张地说："那要请你等一下，我先收一下东西。"

经过十分钟，她请我进去，才知道重度残障的她，浴室有很多辅助器具，她必须先移开。洗完澡，全身舒畅地走出浴室，刚好萝娜的姐姐茱蒂来拜访她，她们姐妹准备了茶和饼干请我一起享用，她们听我分享搭乘豪华火车的旅程和沿途遭遇，不断惊呼，不好意思地承认："我们是加拿大人，连温哥华都还没去过。"我提起温哥华岛自然风光，她们更是听得津津有味，聊了一会儿，疲倦的我就回帐篷了。

萝娜的乐观人生

萝娜是迷你邮局的局长。

隔天早上,还在睡梦中,茱蒂开车经过,拿了她自制火腿三明治给我当早餐,她要赶去上班,特来向我道别。萝娜准备到隔壁邮局上班,善解人意的她,请我自己使用浴室盥洗,特别交代冰箱食物请自取。

萝娜是邮局局长,她独自在这个迷你邮局工作十八年了,服务镇上几十户人家,我送给她几件台湾小礼物,她看我的名片上有"蓝小猴"的照片,特地找出猴年邮票海报送我。她很珍惜目前的工作和生活,虽然天生行动不便,但加拿大社会福利健全,她庆幸自己可以独立生活,偶尔也能出外度假,最近上网认识了一个网友,对方因为车祸造成行动不便,两人分享面对困境的方式和如何调适心情,互相打气。

看她开朗工作,细心关怀每个客人,邮局好像是游乐场一样,有一位志工妈妈来帮忙分信,她又开心地向那位害羞拘谨的妈妈分享我的旅行。笑口常开的她,就像是一朵洁白莲花,在炎热夏天绽放,让有幸欣赏的人,感到喜悦和平静。

想到阿诺老先生,他拥有健康身体和丰厚退休金,却困在内心监牢中,自怨自艾,过着自我麻醉的生活;萝娜虽然身体每况愈下,必须常吃止痛药,副作用又会损害身体,却在有限中拥抱无限,想要多享受一

苏必利尔湖（Lake Superior）像海一样宽阔。

点快乐生活，真是两种对比强烈的人生。

一般人很害怕陌生人，我却从小就不怕和陌生人交流，也许来自天生"自信"吧，总觉得人和动物一样，动物凭本能就能判断身处环境，不需要语言就能彼此沟通，感觉往往比语言快千万倍，保持一颗澄净的心，就像镜子一样，可以反映出对方真正心思。凭借这个本能，每次在妈妈如胶似漆的密友里，总是一眼就看出那些"坏叔叔"、"坏阿姨"，可惜没人相信小孩子的话，后来对方果然把妈妈害得很惨。

现代社会人际关系复杂，人和人之间的互信，受到严重打击，在人类早期文明的游牧文化中，陌生人代表远方来的客人，带来珍贵讯息，游牧民族往往热情招待，在二十一世纪，喜欢古典旅行，坚持堂吉诃德精神，好像在测试一般人接受陌生人的程度，算是恢复古风吧！

离开萝娜家，骑了二十多公里，阳光猛烈，整个人像是在烤肉架上焦黑干瘪的烤小鸟，热得像是要起火燃烧，第一眼看到广阔苏必利尔湖，真是全身清凉，五大湖终于到了。

后来，接到萝娜寄来的伊妹儿，她说："好奇怪，平常我看到陌生人多少会觉得别扭，因为害怕别人异样眼光，但当你走进我家时，我却觉得很自在，我们姐妹都觉得你是位非常乐观，会带给别人快乐的朋友，欢迎你下次来住我家……"

杰米嬉游记

让我设想，在繁星中，有一颗星，引领我的人生，穿过未知的恐惧。
——泰戈尔《飞鸟集》

　　旅途中，休息地方不同，旅行就不一样，一般露营区，大多位于风光明媚郊外，容易遇到开露营房车旅行的银发族或当地人，宁静安适；青年旅馆多坐落于交通方便市区，挤满来自世界各国自助旅行者，洋溢青春活泼气氛。聚集最多人的情报交换中心，就是厨房了，几乎所有人都会跑到厨房，煮饭、泡茶、喝饮料、用餐，很多故事都在厨房发生。

　　经过了七百多公里踩踏，顶着酷热艳阳，在山区缓慢前进，遭受蚊虫攻击，终于在雷霆湾（Thunder Bay）看到了渴望见到的"像海一样的大湖"，苏必利尔湖的蓝，由浅到深，相连到天际，看着白云倒影，站在湖畔，说不出的感动。位于苏必利尔湖北岸雷霆湾，身处内陆，却可以经由水运连接五大湖、圣劳伦斯河至大西洋，是加拿大中部重要货运港，这里是从温尼伯以来遇到的第一个大城，人口约十一万人，好久没看到那么多人和房子了。

　　在 Tim Hortons（加拿大人最喜欢的速食连锁店）吃了甜甜圈套餐后，到一旁大型超级市场采购，买了花椰菜、排骨、一小包白米、青菜和几包日本泡面,想在青年旅馆大快朵颐。加拿大指南上关于雷霆湾的住宿介绍很特别,它先以大篇幅介绍了位于雷霆湾郊外的青年旅馆,主人琼斯夫妇在加拿大青年旅馆组织中非常有影响力,接着便介绍他们女儿最近也在市区开了一家,地点方便。

单车上载着两大袋食物抵达雷霆湾背包客栈,位于住宅区一栋两层楼老房子,主人黛儿曾在亚洲住过几年,热爱

安大略湖的自然风光。

中国食物,厨房里酱油、蚝油、酸辣酱等中式调味料一应俱全,还有饭锅和大炒锅,连中式碗盘都有,我笑着说:"这里比较像台湾人厨房。"

她也喜欢厨艺,搬出一堆食材叫我尽量用,我在厨房大显身手,煮好后邀黛儿一起享用,两人像过节一样大吃大喝。四十多岁身材微胖,黛儿个性爽朗无厘头,她说从小跟着她父母旅行,习惯异国文化,一年多前买了这间房子之后,兼差经营青年旅馆,她目前仍从事看护工作,弟弟在渥太华也开了一家青年旅馆。"你一定要去找我爸爸,他是自助旅行者传奇。"黛儿听了我的旅行经历后热情地说。

弯进通往湖畔的小径，摸摸湖水，温度刚好，脱光衣服，纵身一跳，全身的毛孔仿如瞬间张开，没有比裸身徜徉在湖中，更令人觉得愉悦的，向美好的一天致敬。

自助旅行传奇人物

在黛儿极力怂恿下，特地拜访位于郊外十八公里的雷霆湾国际青年旅社，两栋长形房子，占地宽广，在入口处有一个路标森林，由主人提供木板和广告原料，各国旅行者都在此留下指向故乡的路标，我也在主人邀请下，制作了第一个画了台湾地图的牌子挂上去。"传奇"主人罗德已经七十岁，却精力充沛，简直没有一刻停下来，总是同时进行很多事，傍晚他载我和他孙子到附近溪流游泳，我们才有机会闲聊。

他是环球旅行老前辈，四十多年前，带着太太和三个小孩，从英国出发一路开车，经过欧亚大陆旅行到印度，又在亚洲住了几年，在加拿大定居后创办了青年旅馆组织，这家青年旅社经营了三十多年，服务过无数热爱旅行背包客。慈祥女主人薇拉，在一旁不断煮出美味食物，看来贤惠传统的老奶奶，很难想象她年轻时带着幼子随夫纵横四海的壮举。在旅社每一个房间，都有他们旅行的照片和纪念品，就像是一个环球博物馆。

想在生日（八月一日）前赶到魁北克和黛安一起庆生，算算路程，似乎来不及赶到，考虑搭一段巴士节省时间，罗德说灰狗巴士若要携带单车，须另外装箱打包，还要事先询问行李空间，听来很麻烦，必须想别的解决方法。晚上十点多，忽然住进一位来自温哥华的年轻人，杰米穿着红色夹克、蓝色短裤，嬉皮笑脸和大家打招呼，感觉就像美国喜剧演员金·凯利。

隔天早上吃早餐时，听到他一个人开休旅车从温哥华出发，计划一路开到东岸，边旅行边工作，车后单车架还挂了一台单车，刚好就是最适合的搭便车人选，询问他可否载我一程，他耸耸肩说："好啊！"

说定以后，听说附近有一个十米高悬崖可以跳水，杰米马上号召大家前往。于是我、来自澳洲的李奥、两个韩国女孩浩浩荡荡地上他的

来自各地的旅人自制指向故乡的路标（雷霆湾国际青年旅社路标森林）。

车,到达以后,杰米和李奥爬到悬崖上,"咻"地一声往下跳,看来非常刺激。一向对水有点畏惧的我,从岸边下水,湖水清澈冰凉,邀韩国女孩一起下水,两人都摇摇头,在湖中看到的风景和从岸边看到的完全不同,有时候需要离开陆地,才能体会自己的渺小。

搭便车东行

回到青年旅社打包,杰米把两台单车放在单车架上固定,再把我的行李塞到后座。上路后,杰米得意地展示他车上的高科技设备,方向盘前有卫星导航系统,透过手机上网手提电脑,简直像詹姆斯·邦德电影道具。他利落地转动方向盘,说车子是他全部财产,聊到旅行动机:"我很早就离开故乡到温哥华,二十几岁时和好友一起创立广告行销公司,虽然规模不大,但业绩还算不错,今年就要三十岁了,面临瓶颈,厌倦日复一日的工作,想要作一个改变,于是我决定戒烟、运动、旅行,计划花五个月开车横越加拿大再回到温哥华,好好思考未来人生方向。"看他茫然望着前方,好像看到以前的自己。

"其实一直待在都市中做同样的工作,容易对很多事习以为常,一点一滴失去自己,当你踏上旅途,摆脱原有束缚,最重要的是聆听内在声音,你会找到你真正想要的……"分享自己实现梦想的心路历程,也聊了许多关于家人、朋友和东西文化差异。

车子沿着临苏必利尔湖公路行驶,风景随着山势起伏视野不断变化。"你看,黑熊!"他忽然停下车子,我们两个一起看着"过马路"的黑熊——它没有走斑马线,消失在树林中。傍晚,他透过网络查询日落时间后说:"希望我们可以在日落前找到看夕阳的好地方。"我惊奇地看着他:"果然是高科技。"他找到公路旁

杰米在露营区煮丰盛早餐。

空地停车,一起走到湖岸沙滩上,欣赏巨大火红的夕阳沉下水面,加拿大雁鸭成群浮在水面上,在金色余晖中,他在沙滩上用印第安人传统方法,堆了一个石堆,代表走过的记号,我们在昏暗湖畔,一起大声尖叫。

晚上,抵达煎饼湾(Pancake Bay)露营区,杰米兴奋地搭起他的"八人帐"说:"这个帐篷搭起来就像个小房间,很舒适,我还带了枕头和被子。"接着,他跑去买两捆木材,大费周张升火,我舒服地坐在火堆旁取暖,他又跑回车上拿出吉他来弹,我忍不住问:"你带了全部家当出来旅行?"

第二天吃早餐,更令人叹为观止,他表演"太阳蛋吐司",先从小冰箱拿出起司、蛋及吐司,在吐司中间挖一个小洞,放在锅子上用奶油煎,中间的洞放一颗蛋就完成了,然后他像变魔术一样,拿出咖啡机、

加拿大是户外活动爱好者的天堂。

日本茶碗、锅盘等，在茂密森林一起享用丰盛早餐。吃完早餐，走过树林到湖畔散步，看到接近正圆形湖湾，难怪取名为"煎饼湾"，双脚踩在细白沙滩上，深蓝湖水映照着浅蓝天空，水平面上一抹发亮的云，世间纷扰仿佛都消逝了。

"下次我们再来这个露营区住一个星期，疯狂玩水上活动。"杰米说。

"那一定很过瘾。"

把行李挂上单车后，杰米诚挚地说："谢谢你搭我便车，让我享受了一段快乐旅程，其实只有我一个人也懒得搭帐篷，有人分享就不一样了，你说的故事和人生哲理给我很多启发，要不要再搭一段？"他充满希望询问。

"谢谢你的好意，这段湖畔道路我想骑单车慢慢走，记得上天永远会给你刚刚好，足够你完成梦想所需，不多也不少。加油！"再次鼓励他勇于追求梦想。

看到他自以为是地带了一堆东西旅行，想到年轻时也做过很多回想起来很蠢的趣事。不过，不管遇到谁，总是全心全意和对方在一起，真诚关心对方，乐于分享，带给别人快乐，这是永远改不了的"狮子座"性格吧！

温暖的日出

这就是我的秘密。它很简单：只有用心灵，一个人才能看得很清楚。真正珍贵的东西不是用眼睛可以看得到的。
——圣·埃克苏佩里《小王子》

一个人，两个人，一家人，一群人，旅伴不同，旅行节奏就完全不同，旅伴就像舞伴一样，良好默契才能跳出精彩舞步，否则七零八落，只会拖累彼此。自知喜欢搞怪又没耐性，除了包容力超强的心静外，大都一个人旅行，接下来这段两星期旅程，意外遇到一个活力四射的旅伴，带领我体验加拿大的另外一面。

第一眼看到日出时，就有一种似曾相识的感觉，金色长发，穿着紧身背心和单车短裤，露出一身古铜结实肌肉，走进加油站附设商店，询问正在喝咖啡的我："喂，外面那台单车是你的？你也一个人骑单车旅行？""嗯，我来自台湾，计划横越加拿大。""我是一个多月前从温哥华出发，计划骑到最东边的爱德华王子岛。"她脸上充满自信，在眼神交会的那一刹那，似乎就注定了彼此的缘分。

"你为什么会选择来加拿大？""你父母对你独自骑单车旅行有什么看法？"才刚认识，她就问了一连串问题。

"我曾经骑单车环球旅行，这是第二次来加拿大，因为我喜欢这个国家，也喜欢加拿大人。""至于我父母看法，因为我成长环境比较特别，从小就没有和他们生活在一起，是由充满爱心的养母抚养长大，直到念初中时，母亲才来接我同住，那时我就很独立了，十八岁上大学后靠自己半工半读，很早就学会为自己负责，虽然我没像一般人从家庭得到很多支援，但也比较没有牵绊。"我坦白回答。

她外表强悍，聆听时却流露无比温柔，虽然没有说什么，我却感觉她完全可以了解我内心感受。看她开朗乐观如阳光的笑脸，帮她取了日出这个名字，聪敏的她很快就学会用中文写。

不约而同提到在厕所墙上看到那张电影《托斯坎尼艳阳下》海报，上面写了一段话："生活中有上千个选择……你必须作的就是下一个决定。"（Life offers you a thousand chances... all you have to do is take one）由于旅行路线相同，她邀请我同行，听到悠扬音乐响起，下了一个奇妙决定，展开新旅程。

出师不利，出发十分钟后，日出的后轮就爆胎了，她利落地卸下所有装备，拆后轮，拿出工具在烈日下补胎，刚好有亚米许（Amish）家庭（电影《证人》中不接触现代文明的清教徒）驾驶马车经过，穿着黑衣黑帽中世纪服饰的小孩，惊奇地看着修理单车的日出，又看着在一旁摄影的我，情景非常超现实。再度上路，又遇到他们马车，这次，向六个害羞可爱亚米许小孩摆出胜利手势，惹得他们吃吃地笑。

大约半小时后，忽然有一台休旅车在前方停下来，司机下车一直挥手，接近时才认出是杰米，他兴奋地说："让你搭便车的经历太愉快了，昨天在青年旅馆我又让另一个瑞士女孩搭便车。"他热心地把手机号码留给刚认识的日出，说如果到东岸需要搭便车可以找他，天啊，他变成搭便车服务中心了。外表开放内心保守的日出，莫名其妙收下了纸条，穿着性感的她对来搭讪男生一律不假辞色，聊了几句，杰米一阵风似地开车走了。

可以勇敢，可以温柔

下午艳阳高照，两人骑得全身发烫，燥热难受，日出询问当地人附近可以游泳的地方，找到通往游艇码头小路，乔治亚湾湖水清澈见底，迅速地换上泳衣下水，冰凉快感让身心舒畅，游完泳，坐在岸边欣赏雁鹅家族优雅表演，微风轻拂，从袋子里拿出水果和面包补充体力。

日出念安大略省伦敦市的大学，刚从音乐系毕业，明年五月就要结婚了，她想在婚前有一段特别回忆，所以和两个同学一起筹划单车横越加拿大之旅，取名为"反妇女暴力的胜利之轮"，希望为社区中心募款，

同时架设网站分享沿途单骑照片和心情。她们六月十四日从温哥华出发，预计八月十五日抵达东岸，可惜上路后，她和其中一位同学不合，在雷霆湾分道扬镳。

"你知道吗？我几天

前做了一件疯狂的事，我骑经苏珊玛丽城的一家婚纱店时，发现橱窗里有一件婚纱款式很特别，我穿着单车服进去试穿，让设计师印象深刻，她答应帮我修改尺寸后宅配到家。"日出分享她如何在旅途中找到婚纱，神采飞扬，真是现代女性代表，可以勇敢，也可以温柔。日出年轻强健，我们一连飙了一百多公里，才到露营区扎营。晚上，她戴头灯在帐篷里虔诚念《圣经》，小巧《圣经》装在一个金色铜盒里，是她未婚夫送的，他是韩裔加拿大人，在学校为主修长笛的她担任钢琴伴奏，音乐搭档变成人生伴侣，可惜他不喜欢户外活动，没有同行。

　　第二天接近中午时，她后轮又爆胎了，为了安慰她，请她到冷饮店吃冰淇淋，聊到彼此成长过程，她好奇地问："在人生旅程中对你而言，最困难的是什么？"我直觉回答："了解我自己。"

　　"什么？如果连你都不了解自己，那还有谁了解你？"她大笑不已。

　　"我觉得小孩子是最单纯的，他们完全不会隐藏自己的感受，但我们从小被教了太多东西，慢慢被很多外在东西束缚，我们所了解的自己，只是社会认同部分，我想在人生每个阶段，都能有一段时间，抛开一切，聆听内在声音，了解真正自己，那我就会知道要往哪里去。这是为什么我喜欢旅行。"

　　"我从来没想过这个问题。"小我十岁的她坦白承认。

日出是难得的旅伴,彼此相知相惜,她让我更深入认识加拿大。

"也许时间还没到吧！我年轻时也是一心想要往外追寻，到了一个年纪就会开始想要往内探索了。"

相似的童年

接下来几天，不断有类似深层对话，逐渐了解看来坚强开朗的她背后的遭遇，她谈到童年，小学三年级时，有一天妈妈外出，消失无踪，爸爸把她和小学五年级的哥哥丢在汽车旅馆，任他们自生自灭，两个多月后才被社工发现，又经过两年，妈妈才出现，青少年时期，兄妹两人轮流住在已分居父母家。上大学后，她为了负担学费，同时兼了四份工作，音乐学院课程繁重，常常熬夜准备考试，她总是睡眠不足，和生活磨难相比之下，单车旅行简单多了，一点也不觉得困难。

难怪有似曾相识的感觉，她的回答和我一模一样，每次遇到有人想要知道旅行艰苦时，我都回答："还好啊！没那么困难。"和从小面对的磨难相比，旅行中的挑战和考验根本不算什么。刚出社会时，为了帮家人还债，身兼多职，每天从九点工作到晚上十二点，花了好几年才无债一身轻，承受家庭伤害，被迫提早独立，向命运挑战，否则就有坠入无底深渊的危险。

旅途中，受到那么多人无私的帮助，逐渐抚平内心阴影，终于领悟——并不是只有和自己有血缘关系才是家人，此时此刻，能够全心分享彼此关怀的人，就是我的家人。

日出精力充沛，同行才感觉自己真的变老了，跟着她的速度前进，常觉得全身酸痛，我们每骑到一个小镇，她就会问当地人可以游泳的地方，找到清凉溪流或是湖泊，两人像烧红的炭丢入冰水中，疲惫一扫而空。

"真羡慕加拿大人随时可以享受大自然，难怪你们看起来无忧无虑，我从小就梦想找一个森林中的湖泊，盖一间小木屋，享受与世隔绝的宁静

与日出结伴双骑是奇妙的缘分。

生活。""欢迎你来加拿大,说不定我们可以当邻居,除了一起骑单车,还可以划独木舟。"日出笑着说。

刚认识的舞伴,试着熟悉彼此舞步和节奏感,我们慢慢了解彼此个性和文化差异,从对方身上学习,重新认识自己。记得有一晚,她看到我透过短短交谈,就让素不相识的陌生人,答应让我们在庭院露营,还让我们进屋内洗澡,隔天早上女主人主动邀我们到厨房吃早餐,赶着上班的她临走前说:"和你们聊天非常愉快,我觉得你们是可以信任的人,你们慢慢来,离开时大门从里面锁上就好了。"日出不可思议看着我这个"外国人",竟然让初识的加拿大人完全信赖,这么自然地"仰赖陌生人的慈悲",让她深感佩服。

两人一路狂飙,抵达渥太华(Ottawa)后,邀她一起到朋友介绍的台湾学生家借宿,事先联络过,等我们依约前来,他们家刚好有朋友来玩,一房一厅的小公寓要挤八个人,对我们来访造成不便,非常抱歉,但天色已晚,只好先住下。学生的爸爸是位主观意识强的人,对日出发表种种看法:"你们国家除了适合居住和教育环境外,没有其他优点,历史很短,没什么有名的艺术家、音乐家……"滔滔不绝之余,他又叫朋友的小孩来和日出对话,可以趁机"练习英文",骑了一天单车,精疲力尽地坐在局促客厅,无法休息,晚上,挤在客厅地板上,一夜都睡不好。离开后,一再向她道歉,她体贴地说没关系,每个人想法不同,经过这番折腾,反而产生了一种患难与共的感觉。

最佳生日礼物

日出很喜欢渥太华这个融合英法文化的都市,因为她的带领,让我有机会深入认识这个城市。我们先去参观连接渥太华河和安大略湖的里多运河,里多运河比渥太华的河面高,设了九个水闸门控制船只进出,从桥上远眺像玩具的船缓缓移动,一艘小船经过都要花上一个小时,五大湖像上天送给美加两国的礼物,因为五大湖区占了全世界百分之十八的饮用水供应,是美国百分之九十的饮用水来源地,贡献饮水、食物、交通、景观、城市……好像是母亲哺育小孩提供丰富养分。

她指着渥太华河旁边的铜顶石砌哥特式建筑物,说那是国会大厦,玻璃外观塔形是国立美术馆,收藏加拿大本地艺术家作品,"加拿大也是有艺术家的。"哈哈,不知者无罪。

"我有一个家乡朋友在渥太华经营青年旅馆,我想去找他。"她说。

"你该不会是说马丁吧!"她大吃一惊,我也认识。"我曾经在雷霆湾住过他父母及妹妹开的青年旅馆。"真是太巧了。

位于市中心的渥太华青年旅馆干净舒适,每个房间墙上都有别致的画,线条简单,让人会心一笑,马丁和他家人一样心胸宽广,聚在厨房轻松聊天。如果旅程可以重来,抵达渥太华时应该来这里,交通也方便,想起昨晚情景,感触良多,这一路,在很多素不相识的陌生人家里都被温暖接待,反倒专程拜访台湾同胞,却觉得自己是不速之客。"你

先逛逛,我到外面沙发睡一下。"一夜没睡,已经撑不住了。

醒来后,精神好多了,我们到附近拜城市场(Byward Market)寻宝,里面有各式咖啡店、手工艺店和农夫市场,她特别推荐一种加了一堆糖的扁面包,说是有名的加拿大海狸尾(Beaver Tail),不爱甜食,看了连连摇头。隔一天是我生日,日出邀我到一间印度餐厅庆祝,面饼蘸加了香料的蔬菜杂烩,有四种不同口味,不过,每一种都很刺激,猛灌水才能享受她的好意。

生日当天早晨,她带我到市区圣母院望弥撒,庄严肃穆,仰望宝蓝色哥特式教堂屋顶,其实,这一路遇到的朋友,就是最好的生日礼物,尤其是陪我庆祝的日出,好像是上天派来的天使。

离开渥太华后,顺路拜访日出的朋友凯伦,她曾经到西非布基纳法索从事医疗救援,在当地领养了一个弃婴,后来到肯亚工作,又和男友生了一个女儿,回加拿大后,独立抚养两个可爱女儿。一到凯伦家,我拿出小礼物和故事书送给五岁的凯莎,她像快乐麻雀一样叽叽喳喳,在我们身旁绕来绕去。

没想到隔天早上,凯伦一家给了我一个意外惊喜,凯莎端出两片米饼干做成的小蛋糕,上面插了一根蜡烛,大家一起为我唱生日快乐歌,日出送我一个刻有枫叶水晶的钥匙圈,凯莎送我加拿大国旗贴纸,凯伦

在一旁录影，拥抱两个不停唱歌的小女孩，她们来自非洲，我来自亚洲，却在美洲交会，快乐唱歌，这都是因为爱联系起来的缘分，虽然只是简单庆生会，感受到背后用心，非常感动。

旅途磨难考验友谊

离开凯伦家，我们搭船到渥太华河对岸，进入魁北克法语区，这里和加拿大其他地方不同，骑经散布农庄的田野，就像在普罗旺斯，处处洋溢着法兰西风情。因为多带了一些要送给黛安的礼物，行李重量增加，踩踏更加辛苦，怕来不及赶到东岸的日出，却坚持要骑到预计地点才休息，等我们找到露营区，天色已经全暗了，累到说不出话，加上被分配的营地位于偏僻角落，道路一片漆黑，单车微弱车灯帮助不大，还好有一台车经过，拜托他开车帮忙照明，才找到营地。

全身接近虚脱，勉强到露营区另一端公共浴室洗澡，回来后日出已经搭好帐篷，不想进去，用一些小树枝生火，看着火光，心中一把火。我习惯保留一点体力找住宿，找到适合地方好好休息，隔天才有精神赶路，却因为日出是本地人，行程大都由她决定，她精力旺盛，害我每天都和体能临界点奋战，不能依照体能调整进度。此时，终于了解单车环球时心静的痛苦，以前无法明白她为何总要拖慢进度，六小时行程拖成九小时,她苦不堪言的心情,就和我现在一样吧!

接近蒙特利尔,她不想进入交通繁忙市区,想直接绕道往东骑,然而,蒙特利尔是我们同行最后一站,为了把握相处时光,力邀她到黛安女儿的公寓住一晚再走。多美尼卡在蒙特利尔念书,租了一个公寓,我们从北边进城,陷在拥挤车阵中,又在殖民地风格旧市区街道绕了很久,日出脸色非常难看,终于抵达多美尼卡公寓,找到她事先为我们藏的钥匙,打开门进去,紧张情绪才舒缓下来。

我请日出先洗澡,在厨房准备饮料、炒饭,请她上座,好好享用迟来晚餐,听着恩雅优美歌声,日出才露出笑容。长时间一起旅行,每天二十四小时相处,又要应付数不清考验,加上我们都是倔强的人,情绪很容易失控。

那一晚,多美尼卡和热恋男友路易邀我们到顶楼喝红酒,这一区房子都是两层楼高度,可以从顶楼瞭望环绕蒙特利尔的皇家山(Mt Royal),像置身山谷,多美尼卡大方把房间让给我们,她到男友家住,日出却坚持要睡在顶楼,最后我也被说服了,于是,我们空着温暖房间

不睡,搬睡袋、床垫和棉被到顶楼,伴着满天星空入眠。

清晨五点多醒来,看着天边一抹亮光,摇醒日出说:"你看,是日出。"太阳从山的那头升起,第一次在一个陌生城市屋顶上迎接朝阳,奇妙的蒙特利尔早晨。

"你一个人怎么把早餐搬上来的?"睡眼矇眬的日出惊喜地问,为了不想浪费美丽的晨光,我先到楼下厨房做了丰盛早餐,通过狭窄楼梯搬到顶楼,希望和她一

起享用"最后的早餐"。

出发前,日出忽然真诚告白:"和两位同伴分道扬镳后,一个人骑车很孤单,遇到你之前,本来打算叫未婚夫开车来接我,和你同行后,才发现单车旅行乐趣,两人互相扶持,才能坚持到蒙特利尔。我决定依照原定计划骑到东岸,能够完成婚前最后一次青春之旅,都是因为遇到你。"听了她的真心话,难以置信,想到她一路狂飙的神勇,原来内心这么脆弱。

在离开那一刻,日出的眼神悲伤又充满喜悦,我们讨论过《小王子》一书中,小王子和狐狸的友谊。本来小麦田对吃肉食的狐狸没有意义,但是当狐狸把小王子当作朋友,小王子有金色头发,当它看到金色小麦,就会想到小王子,喜欢听风吹过麦田的声音。我望着她,拿出这次旅行一直带在身上的北极熊银链:"这是拿努克(Nanook),我的幸运物,希望它保佑你平安到家。谢谢你这一路和我分享的快乐,你现在也是我的家人了。"

下一次,不知道何时才能再见,看到五大湖湖水,就会想起日出的淡蓝色眼睛,短短两星期旅程,我们分享了心灵深处的秘密,建立了患难与共的友谊,发现真正珍贵的东西不是用眼睛可以看得到的,只有用心灵,才能看得清楚。

渥太华（Ottwa）是融合英法文化的城市，国会大厦、总理府、国立美术馆和众多博物馆建筑各具特色，连接渥太华河和安大略湖的里多运河，设了九个水闸门控制船只进出，造成特殊的城市景观。

听见莲花开的声音

 在谛听当中,你的心思可以得到无比的宽释。
——瑞秋·卡森《永远的春天》

看到黛安,我们大叫一声紧紧拥抱,没想到还有机会再见,原本以为只是一个擦身而过的缘分。

时间要回到一九九八年七月三十一日,隔天是我的生日,所以印象特别深刻,那是我展开单车环球之旅的第九天。当时的日记里,写下了这一段相遇:

"从派克森(Paxson)到坎特威尔(Cantwell)的丹乃利公路(Denali Hwy),连接阿拉斯加三号及四号公路,总长二百二十多公里,除了从起点派克森开始的三十公里左右铺设柏油路外,其余路段皆为碎石子路。从坦歌河(Tangle River)离开后,路面就由柏油路变成碎石子路,四周的景观也越来越荒凉。骑上大半天,除了偶尔有车子擦身而过外,只有自己孤独地在荒野中踩踏,面对一望无际的旷野。傍晚七点多,天还很亮,在一处山坡,遇到来自加拿大东岸魁北克省的黛安和保罗,他们从家里出发,一路开房车旅行,花了两个多月来到阿拉斯加,可能是荒野中,遇到人比看到动物的机会少,更觉得珍贵。"

蓝色旅程　113

保罗和黛安家是现代绿建筑，周围是一望无际的森林，蓝天白云衬托着这具有灵性的土地。

　　那时，黛安请我喝热巧克力，分享彼此旅行，保罗则在一旁用花生米喂土拨鼠。黛安告诉我魁北克省属于法语区，她是写旅行冒险小说的法文作家，喜欢在旅行中找寻灵感及写作题材，常和保罗一起到各地旅行。我好羡慕他们的生活方式，从袋子里拿出台湾地图，为她介绍台湾特色和文化，提到台南白河莲花节，还拿出书法家朋友陈世宪写的书法明信片送她。

　　她听我形容可以在清晨四点半，走到莲花田里听莲花开的声音时，惊奇地说："有机会我一定要在莲花盛开季节，到白河拜访你，也欢迎你到魁北克来玩。"黛安优雅气质及谈吐令人难忘，我们来自地球两端，却在阿拉斯加荒原中相遇，这也许是上天的安排。黛安和保罗是第一对在路上帮助我的陌生人，接下来九百多天的环球旅程中，有更多陌生善意，总在我最无助最彷徨的时候出现，而我对他们始终有一份特别情感，也许是黛安在聆听时真诚表情，好像是多年不见好友。

　　虽然我们互相留下联络方式，但离开后才发现无法辨识黛安手写字迹，不知如何和她联系，生命中巧妙地相遇，却意外错失了对方，只留下无限怀念。

伊妹儿再续前缘

结束环球旅程回到故乡后，常常受邀演讲，提到刚开始在北美旅行时，最感动的就是陌生人善意，那些开车经过的人最常问我的第一句话就是："孩子，你饿吗？需不需要一些食物呢？"而且他们多带着悲悯眼神，告诉我距离下一个城镇还很远。黛安和保罗是我演讲简报中，最常出现的可爱陌生人，看到他们照片时，总会勾起相遇那一刻的感动。

但是，人生有许多的巧合，两条平行线也可能会有交会的一天。

——几米《向左走向右走》

今年一月到泰国度假，在皮皮岛（Phi phi Island）的网咖上网时，收到一封电子邮件，标题是"我们在阿拉斯加相遇"，一打开信，几乎不敢相信，竟是以为再也不会碰面的黛安。

Hi Vicky,

我找到了几年前，在阿拉斯加相遇时，你给我的名片。你还记得我们吗？我们是那对开房车旅行的加拿大人。当时看到你独自在荒野中骑单车旅行，实在很不可思议。我们请你一起分享热巧克力，然后你跟我讲了一个令人难忘的故事：你有一位朋友，住在种满莲花的地方，当莲花绽放之时，会发出一种声响，如此独特，人们都争相前往赏花与聆听。多么美的故事啊！我不时地说给我的朋友们听。

如果你可以接到这封信，我很希望知道你的近况以及听到你的消息。

Diane from Canada

原来黛安和我一样，对那次相遇也念念不忘，她把我告诉她"听见莲花开的声音"的故事，分享给很多朋友，就像我把他们的故事不断地告诉我的朋友一样。经过多年，她无意中发现我的名片，透过无远弗届网络，我们又联系上了。

紧紧抓住缘分的一端，收到信的五个月后，我实现承诺从加拿大西岸出发，骑单车一路来到东岸魁北克黛安和保罗的家，他们住在约两万人口的小镇玛格（Magog），位于魁北克省蒙特利尔东边，被森林、湖泊和山脉所环绕。

保罗在这里出生长大，退休前从事建筑业，这个月他即将过六十岁生日，二十五年前他买下这块十公顷土地，和朋友合作建了自己梦想房子。他先拆了附近六处旧农舍，当作这间木屋主要建材和木料，客厅上方横梁约十米长，是有百年历史的老木头，带着天然裂痕，质感和台湾枕木相似。保罗也是位木工艺术家，屋内所有木制家具和橱柜都是他亲自设计的，加上黛安的艺术收藏和大量植栽，完全符合现代绿建筑的概念。落地窗外是宽阔草地和一望无际的森林，附近大约有三千棵松树，房子旁边种了几十棵苹果树，蓝天白云衬托着这块有灵性的土地，福地福人居，他们安排我住在庭院中一间独立小木屋，就像住在度假村一样。

教外国朋友写书法

抵达当天下午，黛安和保罗邀请一些朋友来参加欢迎餐会，一起享受道地法国大餐，餐前酒配起司、香酥法国面包、当地盛产的甜玉米，主菜是一早就开始炖的蔬菜马铃薯鱼汤，大家用英文穿插着法文交谈，气氛欢乐，感觉像在欧洲。

谈起我们在阿拉斯加相遇过程，每个人轮流研究我书中照片，惊奇不已。晚上大家围在庭院的火堆旁烤火，轻松交谈，在黑夜中流窜的火苗，

教加拿大法语区的朋友们写书法,最好的文化交流。

就像在泰国看到的火舞,狡黠多变的命运之神在跳舞,没有预知能力,人永远不知道自己下一步命运。

第二天黛安的父母专程来访,另外又来了几位新朋友,我拿出文房四宝,教每个人用毛笔写自己的中文名字,房地产公司经理伊莲第一个尝试,她自信地大笔一挥,帅气十足;外形粗犷的保罗却一笔一画小心翼翼写,字体秀气;从事保险业的莉池,线条雄壮;爱开玩笑的柏纳德边写边装鬼脸,逗着大家笑个不停,假动作很大,写的字却很小,不过,他是最能掌握汉字结构的人;害羞小女孩欧蒂莉表现中规中矩;尼古拉则是一脸认真,像是交作业的学生;最后是黛安,她的字龙飞凤舞,好像草书一样。经过一路训练,可以用书法字迹看出每个人个性,如果回台湾,开一堂"从书法解命盘"的课,可能会大受欢迎。

写到一半,庭院沼泽飞来一只蓝鹭(Blue Heron),高及腰部的大鸟,身形纤细,大家转过头去,七嘴八舌地讨论,好不容易平静下来,注意力回到书法,有人看到蓝鹭飞起,全部的人又注视着它,还有人学鸟叫,让我见识到住在法语区的人喧闹多变的性格。

傍晚,黛安和保罗带我散步到山坡看夕阳,沿途是枫树林,每棵树上都挖了一个小洞,用管子引流,再和其他树连接,数不清的管子就像蜘蛛网一样,汇流到一个小房间,由农家集中提炼枫糖浆。"四十加仑的树液,才能提炼一加仑的枫糖浆。"保罗解释。"难怪枫糖浆那么贵。"魁北克家庭,多喜爱自制煎饼,淋上一点香纯天然枫糖浆。就是可口一餐了。

这一带属于阿帕拉契山脉北端，丘陵起伏，走到一个遍布白色野花的原野上等候落日，因为云层很厚，所以余晖渲染出来的彩霞特别绚烂，当太阳下沉，金色光芒如铸造厂火枪一样耀眼，连黛安都讶异地说很少看到这样的落日。她笑着对我说："我好像是女巫，用魔力把你召唤来这里。"

"没错，花了六年时间，魔力真强。"相视而笑。

黛安拿她写的游记给我看，她和前夫曾一起开游艇环球十年，多美尼卡是她和前夫的女儿，在香港出生。她和保罗已一起生活十五年，但却分分合合，经历三次分手，有一次她独自到蒙特利尔住了四年多，另一次到巴西住了一年，才回到保罗身边。从小在富裕家庭长大的保罗，年轻时全心投入工作，建立了现在一切。黛安告诉我保罗很善良，只是个性有些孤僻，有超乎常人的洁癖，和他一起生活必须遵守很多规矩，敏感神经质的她受不了就会逃跑，两人之间的爱恨情仇，真是说也说不完。多美尼卡和保罗一向不合，我住的小木屋就是保罗为了让她独自生活才盖的。

意外的旅程

第三天多美尼卡从蒙特利尔回来，由于不久前黛安出国期间，她和男友路易回来，两人喧闹不已，在家中煮意大利面欢乐到半夜，引起保罗不满。两人情绪在此时爆发，保罗向黛安抱怨，多美尼卡不甘示弱，大声反驳，整个家庭随即陷入一团乱，眼泪、责怪、争执连续上演，身为客人，只能尴尬保持沉默。

隔天多美尼卡回蒙特利尔后，换成黛安和保罗争吵，两人之间气氛剑拔弩张，随时都要引爆，下午陪黛安去上班，才知道她平常工作是心理咨询师,而她最亲近的两个人,都无法接受她的咨询,心平气和面对自己的情绪,真是吊诡到了极点。

"我真的很高兴你特地来找我,但是,我现在有家庭问题,不能好好招待你,可以请你先离开吗?"

"你还好吗?我没问题,我的行程随时可以变动。"虽然不免错愕,但是只能先安慰她,希望她情况慢慢好转。

旅程至此,又转了一个大弯,多出一些时间,不必急着赶到东岸,重新调整旅行计划,这里距离美国边境只有五十多公里,想往南进入美国新英格兰省,拜访半个月前在露营区认识的美国单车家庭,他们住在马萨诸塞州,距离我从小向往不已的瓦尔登湖不远,真是始料未及的意外啊!

第五天早上要出发时,乌云密布,黛安担心地说:"我看气象预告,今天会下雷阵雨,这周天气都不好。"

"我从来不担心天气,我没办法决定天气好坏,重要的是面对天气的心情,不管刮风下雨或是风和日丽,都很好。"我诚实回答。

"你是一个很乐观的人,很少人像你这么乐观。"她点点头说。

日记上的涂鸦和文字。

"希望你有一天来台湾，我带你去白河看莲花。"诚挚邀请。

"好，我有一天要去台湾找你。"我们互相拥抱告别，希望她能找到自在的生活方式。

后来那一整天风和日丽，没有遇到雷阵雨，忍不住想，在那么棒的土地上建了漂亮的房子，住在里面的人却不快乐，人到底在追求什么呢？

也许所有的灵魂都是应我们召唤而来，所有邂逅和缘分是互相呼应的，感谢上天把我带来这里，希望这份友谊能延续下去，下一次相逢，或许就在白河的莲花田，一起听见莲花开的声音。

接受魁北克法文报纸专访。

图书馆奇缘

"旅行就是生活,在地球的任何地方,最基本的生活就是读书、写作、吃饭、睡觉,这些也就是旅行的本身。"
——椎名诚(日本知名作家)

两天前,从魁北克省的一四三号公路进入美国佛蒙特州(Vermont)时,高大的海关人员看到我单车前袋上的旗帜,亲切地说:"你是从台湾来的。"

"你怎么知道?"

"台湾很有名,我常在电视上看到。"

原来两岸海峡情势,让东亚地区的台湾岛变成国际新闻焦点,他还说我是他遇到第一个骑单车通过这个边境的台湾人。

傍晚骑经边境附近的水晶湖,跳到清澈湖水,游了几回后,舒服地往后躺,忽然发现自己会游仰式了,像天空的鸟一样自由翱翔,从来没有体验过的全身放松,虽然学会游泳多年,却始终不敢在水面漂浮,即使年初在泰国得到潜水执照,还是无法克服心中恐惧。可能是小时候,看到五岁弟弟不小心掉到水池的经验,看他载浮载沉,大声呼救,幸好有一位叔叔经过,赶紧下水将他拉起,弟弟当时吐了很多水,虽然他安然无恙,自己却一直忘不了那时的恐惧。这整个夏天在五大湖区旅行,遇水则跳,渐渐习惯广阔水面,不知不觉消除心中对水的恐惧。

这次旅行,一心想要赶到黛安家,没想到却这么快离开,那一刻,体会到很多在乎的事,也许并不重要,学会放开自己,以前总是要攀附某样东西才有安全感,反而是一种局限,唯有随水漂流,开放自己灵魂,自然接受命运的安排,才是真正安全,一颗坚硬石头终于体会到柔软的道理了。

从边境进入佛蒙特州,山路蜿蜒,迷濛景色让我想起北横,十五年前在北横健行,副热带森林飘着濛濛细雨,就像眼前翠绿阿帕拉契山脉,沿途经过很多可爱小镇。在德莱维尔(Dryonsville)小镇图书馆前,遇到了年轻的单车骑士史蒂夫,他也在等图书馆开门,自然聊了起来。他刚从大学毕业,计划骑单车旅行六个星期,还带了一本"老庄",同样喜欢旅行和阅读的他,特地带我去附近一家旧书店,有很多有趣二手书,一起吃比萨,他特别推荐下一个小镇——圣约翰斯伯瑞(St. Johnsbury),有历史悠久图书馆,是他最喜欢的图书馆之一,要我绝对不可错过。

阅读是梦想的羽翼

旅途中,图书馆是我最喜欢造访的地点之一,可以看书、上网、写日记、休息,好像在全世界都拥有书房一样,当我终于找到红砖打造的圣约翰斯伯瑞图书馆时,不急着进去,坐在门口阶梯休息一下。忽然有

圣约翰斯伯瑞图书馆古典建筑。

一个留着小胡子穿着制服的人走过来,自我介绍他叫马克,看着我载满行李的单车问:"你骑单车旅行吗?"听到我从加拿大骑来,他兴奋地说他们夫妻去年曾经到法国单车旅行三个星期,留下非常难忘回忆,力邀我今晚住他家。

"我在隔壁消防局上班,五点半下班,你参观完图书馆再来找我,我太太一定也想认识你。一个女性独自骑单车旅行,你真的很勇敢。"马克看起来有点腼腆,感觉温柔体贴。第一次遇到美国人主动邀请,有点诧异,上次沿着美国西岸骑单车旅行,加州人对陌生人防卫心很强,不像阿拉斯加及加拿大人,乐于帮助陌生旅行者,期待到救火英雄家作客。

推开图书馆的门,像是进入了另一个时空,古典雅致,中间是挑高阅览室,四周是楼中楼设计,一二楼陈设了一排排书架,通往二楼螺旋形楼梯及二楼扶手都是原木精致雕刻,宽阔格局像是我很喜欢的中友诚品店。

静静浏览书架,有一区陈列皮革珍本书,书的外皮摸起来充满质感,小心翼翼翻开,不知道会不会像电影《无可救药爱上你》中的男主角,在图书馆找资料,无意发现夹在书中情书,不断追查,因此发现诗人的秘密恋情,可惜没有任何发现。楼上直通画廊,收藏了十九世纪美

圣约翰斯伯瑞（St. Johnsbury）图书馆，有一百三十三年悠久历史。

国画作精品。这座有一百三十三年历史的图书馆和画廊,当初由一位笃信古希腊哲学的实业家捐给镇民,因为它的建筑风格和画作收藏,被列为国家级古迹,关闭了十八个月整修内部,今年一月才重新开放,很幸运有机会走进这座知识殿堂,阅读是最佳的知识来源,让梦想有了坚强羽翼,可以自由翱翔。

傍晚到隔壁消防局找马克,刚好遇到他出勤务回来,赶紧拿摄影机录影,留下难得记录,看到他穿着制服英姿焕发,忍不住说:"我从小把救火英雄当成偶像,尤其看电影《浴火赤子情》,消防队员在火场救火,温度高达一万度,冲天火舌袭面而来,他们英勇救火,好厉害。"马克笑说:"在真实生活,遇到火灾可不是好玩的事,消防队员必须接受严格训练,面对每一次勤务也得靠团队合作,才能顺利完成,我们热爱这份工作,很少把自己当英雄。"

志同道合的单车同好

马克家在郊区,后院紧临溪流,宽敞明亮,还有游泳池,马克指着一头银白短发的黛安说:"因为她,我才开始骑单车,等一下我们一群同好要到附近山区骑单车,你累了一天,可以在家里好好休息,或者游泳轻松一下。"没多久,两个人骑车出去了,留我一个人在家,坐在大客厅,听

马克和黛安招待美味丰盛的早餐。

古典音乐,看到墙上挂了两张米其林法国地图,上头用荧光笔标示了路线,心想:"到过法国骑单车旅行的人,都会回味无穷。"跳进户外游泳池,漂浮水中,仰望蓝天,感到全然放松,真是奇妙的一天。

　　隔天早上,马克去上班,黛安为我准备早餐,浏览墙上照片,有马克刚加入消防队时期、受训时期、执勤满二十年纪念和领奖的照片,还有剪报和奖牌,相片中的马克从稚嫩到成熟,散发男子汉气概。问黛安是否会担心,她轻松回答:"消防队员经常得与火搏斗,向危险挑战,但他们愈挫愈勇,消防队员之间情同兄弟,马克很喜欢这个工作环境,而他也是个懂得照顾自己的人。"黛安接着说:"今天天气不好,你要不要多留一天,我今天刚好休假,可以带你逛逛。"有机会见识美国小镇风光,真是太好了。

　　我们散步到后院,黛安指着两处断裂的粗壮树干说,这都是河狸咬的,它们喜欢用树干磨牙,走了一小段,看到河狸在水中游泳,把头露出水面,悠闲游来游去,不久,水獭也出现了,体型比较小,但身手一样矫健。黛安教我分辨这两种动物的方法,"它们看起来很像,体型也相似,最容易分辨的方法是尾巴,河狸的尾巴是扁平的,水獭的尾巴像

获赠消防队徽章。

狗尾巴一样是细长的。"

中午,黛安请我到城里一家法国餐厅吃饭,边用餐边聊天,她说起在法国山城骑单车旅行的经验,"有一天,骑到快死了,还是拼命骑,一回头,发现其他人都不见了,后来,才在下一个小镇重逢。"可以体会那种体力透支的感受,向自己体能极限挑战,很痛苦,回味起来却很快乐,就是痛快吧。

看她和马克感情很好,志同道合,她却说出一段曲折故事:"我前夫是黎巴嫩裔美国人,小孩是和前夫生的,恢复单身后,我回到小镇,在妈妈开设的听力中心工作,马克小我七岁,刚开始认识只把他当弟弟,后来才渐渐发现他是个成熟可靠的人……"想到两天前道别的黛安,不知道她的家庭纠纷解决了吗?同样叫黛安,两人个性却有天壤之别,一个浪漫热情,一个理性和平。

为了答谢他们好意,我想煮中国菜请他们,可惜晚上马克要轮班,黛安灵机一动,说消防局二楼有厨房,可以招待马克和他的同事,于是,到超级市场大采购,买了一堆食材,我坚持付钱。当天晚上,在消防局厨房大展身手,当我端出什锦炒饭、鸡肉烩蔬菜、加了干贝、虾子、乌贼的海鲜总汇汤时,所有人都很惊喜,马克一再说:"这是本厨房有史以来最好吃的晚餐了。"

在消防局下厨,对我也是崭新经验,我因此获颁圣约翰斯伯瑞消防队纪念徽章，马克说："只要你拿出这个徽章，沿途消防队都会热情接待。"当天晚上，我拿出针线把它缝在我的黑色保暖背心上，感觉就像是护身符。

隔天早上，由黛安开车一起到当地餐厅吃早餐，小小餐厅挤满了人，吃完枫糖浆煎饼后，依依不舍告别，忍不住询问："马克，你为什么会邀请不认识的人到家里住呢？""因为我想骑单车旅行的人心胸宽广，而且，我觉得你一定有非常多精彩故事，这让我回忆起单车旅行的快乐。"最后他们夫妇拥抱着我说："祝你一路平安。"最后又加一句："希望很快能再见。"

没想到再见机会很快就出现了，为了发伊妹儿，决定到镇上图书馆上网后再走，从图书馆离开，骑了几十米，觉得后轮声音越来越怪，停下来检查，发现轮胎钢丝断了六七根，都怪自己疏忽，几天前一直觉得不对劲，却没有好好检查，在路旁把所有的行李卸下，倒立单车，正在思考如何解决时，马克刚好开车经过，他诧异地说："你在这里做什

么?"他今天休假,准备到银行办事又遇到我,不过,我真的不是故意的。

因为到另一个镇才有单车店,我又在马克家多留了一天,单车修好后,和他们一起在附近飙单车、打排球、游泳、拜访亲友,度过了另一天悠闲的小镇生活。最后道别时,马克和黛安一起开玩笑说:"希望很快能再见,但最好不是今天喔!"

下一次,坐在图书馆门口,不知道又会遇到谁呢?

我只是来借个电话

精神心灵就像我们身上的肌肉,你常常使用它,它就会越强壮。而唯一可以锻炼精神心灵的方法,就是用它来体会事物的内在。

——弗瑞斯特·卡特《少年小树之歌》

离开圣约翰斯伯瑞,五号公路紧临康乃迪克河(Connecticut River),这条河是佛蒙特州和新罕布什尔州天然边界,顺着河往南就可以到马萨诸塞州。在威尔士河镇过桥往东接十号公路,注意到地图上沿途有绿色虚线,表示是景观路线,果然绿荫夹道且车辆少,又可看见溪谷,骑累了还可以下水游泳。

傍晚在湖畔公园下水,游泳顺便洗澡,公园内有木棚和野餐桌,看天色不佳,决定在此露营,夜里果然下起雨,又冷又湿,庆幸找到有遮蔽地方搭帐篷。隔天就没这么幸运了,早晨冒雨骑了一个小时抵达汉诺瓦(Hanover),全身都湿透了,滴着水走进一家咖啡店,向女侍说明,先借厕所换上干衣服后,一身舒爽地享受热腾腾早餐,有点疑惑这么偏僻的咖啡店却有丰盛餐点,包括各式沙拉、热食、甜点和面包一应俱全,厨师穿戴整齐,在厨房准备料理,骑到镇上,才知道汉诺瓦是著名大学城,难怪有这种高级咖啡店。

骑单车在广阔校园参观,一七六九年创校的达特茅斯学院

旅途中的家和梦想中的家。

（Dartmouth College），是美国排名第九名校，每一栋建筑都像城堡。我最喜欢的是罗南图书馆（The Rauner Special Collections Library），外观是浅砖红色的新古典主义样式，大门有四根希腊科林斯式圆柱和三角型山墙，却在老建筑内部矗立一栋现代的玻璃建筑，透过玻璃可以看到里面是四层楼书架，收藏学院档案、学术论文原稿及善本书，在一定的温度及湿度控制下，作最妥善保存，好像是书籍冰箱，可惜必须由工作人员代为拿书，不能走进大冰箱参观。

在云雾缭绕的康乃迪克河，看到一座加盖廊桥横跨两岸，屋顶上写着"下来牵马否则罚款二元"（Walk your horse or pay two dollars fine），不知道骑"铁马"要不要罚，河面时宽时窄，公路时而沿着河岸，时而远离，加紧赶路，希望可以骑到安默斯特。

下午四点多，爆胎了，真是欲速则不达，把单车推到一间停止营业的加油站，把所有装备卸下，放倒单车，拿出工具和备胎，开始换轮胎，换好后，两手脏兮兮上路。下雨和爆胎拖慢速度，想打电话通知马萨诸塞州的朋友凯西，可能会延迟到他们家的时间，接下来几十公里公路上却没有任何商店和公共电话。

借电话奇遇

天色已暗，在路旁找了一间大房子按门铃，等了十分钟都没有人出来，看到旁边另一间小房子里面有人在讲电话，走过去在门外等了一会儿，那位一头黑色长发、东方人面孔的女士注意到我，"我只是来借个电话，因为……"说明前因后果以后，薇薇安慷慨让我打电话，讲完电话，她问："那你晚上要住哪里？"听到我计划在附近找地方搭帐篷，她邀请我留宿，不过，她说得先上楼和先生商量一下。

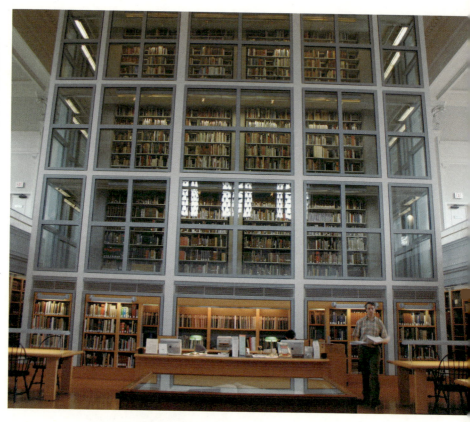

罗南图书馆内四层楼玻璃书架,在温度及湿度控制下,妥善保存书籍和文稿。

约翰听到薇薇安让来借电话的外国单车骑士留宿，吓一大跳说："怎么可以随便邀陌生人来家里住？"他特地走下楼了解情况，一看到我，

马上改口说："完全没问题。"可能是我的外表长得很"安全"。

晚上，薇薇安煮意大利肉饺烩海鲜，中西合璧的创意料理，听到我来自台湾，薇薇安笑说："西摩尔蓝（Westmoreland）这附近只有我一个中国人，虽然我父母来自中国大陆，但我从小在美国长大，不会说中文，我的外表常被认为是爱斯基摩人，有一次到阿拉斯加出差，当地人还责怪我听不懂爱斯基摩话。"

我马上说："哈，你上辈子一定是爱斯基摩人，我从小就向往像北极那样冰天雪地的地方，也许前世曾经见过面。"吃完饭，薇薇安让我住在地下室沙发，她在小学教科学，常得把实验的动物带回家，所以地下室里有鸟、老鼠、黄金鼠、鱼、乌龟等，这些都是我的室友，希望相安无事。

隔天早上，为了赶路，吃完早餐就出发了，心静曾经说过一个惊悚故事，来自马奎斯的短篇小说《我只是来借个电话》：女主角玛丽亚租来的车子在沙漠公路抛锚了，暴风雨不断，她向经过车子招手，想要通知丈夫会晚点到家，却没有人停下来，后来好不容易搭上一台巴士，却被载到精神病院，当作精神病患，一辈子都出不来，常常喃喃自语：

"我只是来借个电话……"

　　幸好,我的借电话故事,有一个快乐结局,虽然和薇薇安的交会时间很短,后来,常常透过伊妹儿与她分享旅行趣事,她也写了很多对那次相遇念念不忘的"后续报道",包括她父亲听了她讲我的故事后,斩钉截铁地肯定,那一定是命运安排,她才会来按你家门铃,你们接下来还会有缘分未了……

安佩斯特的单车家庭

大自然的新绿如金珍贵,凡人难以描绘的灿烂色彩,初发嫩叶似花娇美,然而稍纵即逝,不久,叶子枯萎飘落,伊甸园崩毁,徒留悲伤,清新的破晓沦为白日,美好的事物都留不住。
——美国诗人罗伯特·弗罗斯特
《美好的事物都留不住》

一般人对美国诗人弗罗斯特的印象,大多是最有名的那首诗《没有走的那条路》(The Road Not Taken),其实,他写了很多描绘大自然之美的诗,深涵哲理。其中,这首深得我心,觉得人和人之间的缘分如四季变化一样,稍纵即逝,遇到相知的朋友,特别珍惜,这次旅途,结识了来自美国马萨诸塞州安默斯特(Amherst)的单车家庭,虽然相识时间不长,却见到了凡人难以描绘的灿烂人生。

第一次相遇,是在安大略湖畔露营区,那天早上短短二十几分钟的交谈,十分投契。"你在台湾做什么工作呢?"留着帅气短发的凯西听到我计划花四个半月在加拿大骑单车旅行,好奇地问。"除了旅行写作和演讲外,我在大学教旅行成长课程。"

"真有趣,我也在大学工作,我教的是户外课程,包括登山、健行、攀岩、划独木舟、骑单车、滑雪、冰攀等等。"她惊喜回答。

"好酷哦!"难怪两个女儿——凯莉和艾米莉,身手矫健,尤其是大女儿凯莉,手臂都是结实肌肉。

"你们住的安默斯特离《瓦尔登湖》的瓦尔登湖多远。"一听他们来自马萨诸塞州后,我怀着希望询问。

"很近,从我们家到瓦尔登湖大约一百公里。"汤姆听到我喜欢美国作家梭罗,热心邀请我到他们家作客,就近造访瓦尔登湖。"没错,等你到魁北克后,只要再骑四百多公里,就可以到我们家了。"凯西在一旁笑说。

初次见面,对他们一家人印象最深刻的是笑声,无论是在煮早餐、收拾帐篷、整理行李都是笑声不断,很少看到那么快乐的家庭,家人之间的亲密,自然流露。在露营区门口道别,他们先出发,因为要往同一方向骑,他们全家一再说"待会见",看他们期盼再见的神情,用力挥挥手说"待会见!"结果,在同一条路上骑,却再没有遇到,我一路往东赶到黛安家,他们往东骑一段后折往尼亚加拉瀑布回马萨诸塞州。

没想到计划赶不上变化,我提早离开黛安家,多了一些时间,看着地图研究路线,想到凯西一家人,作了一个疯狂计划,决定往南进入美国,骑经佛蒙特州、新罕布什尔州到马萨诸塞州的安默斯特镇拜访他们,顺道探访瓦尔登湖。沿途透过伊妹儿联络,他们正在返家途中,两组单车骑士将再度相逢。

第二次见面,他们刚回到家五天,还在旅行兴奋期,连行李都还没拆,在门口和他们热情拥抱,就像泛舟遇到激流,一下子就卷入他们精彩生活。他们住在大学城幽静住宅区,让人眼界大开的是车库内摆满十多台单车、专业车架、印第安舟、修理工具等琳琅满目户外用品,车库外墙架设篮球架,攀岩绳索从二楼垂吊下来,院子里有直径三米的超大跳床,简直像一个小型户外学校。

凯西活力充沛,总是忙进忙出,没有一刻停下来,她除了邀我到美术馆看儿童绘本展,还特地带我到她任教的大学体育馆,在室内游泳池参加独木舟训练,她示范在独木舟翻覆后靠腰力回正的高难度技巧,对于初阶的我来说,学会利落操桨转弯就心满意足了,看来她不只是陆上雄狮,也是水中蛟龙。

远来作客,除了主动帮忙打扫,也展现厨艺,第一晚煮了丰盛中国菜,隔天是日本料理寿司,他们一一尝试,赞不绝口,晚餐后还教他们全家写书法体验中华文化,不喜欢做家事和煮菜的凯西开心地说:"欢迎你一直住下来喔。"

汤姆和凯西年轻时在加拿大新斯科细亚省的单车活动中认识,汤姆是自然资源分析师,在附近水坝工作,他每天骑单车上班,来回三十多公里,难怪五十岁的他肌肉结实,一点也不输年轻人。而身材健美的姐妹俩都是体操校队,十七岁的凯莉活泼外向,十二岁的艾米莉个性深沉内敛,汤姆谈到对两人未来期许时,开明充满智慧。

忽然明白,为什么这么喜欢这一家人了,回顾自己成长过程,不曾享受过正常家庭生活,面对人生困境,没有长辈在一旁指导照拂,总是靠自己摸索,不小心摔得头破血流,只能依据内在本能,找出一条可行道路,从来没想过,如果像两姐妹一样,生长在温暖开明家庭,不知道我的人生又会如何呢?

拜访艾米莉故居

凯西介绍安默斯特镇历史悠久,总共有五所大学,大学生三四万人,可以感受到浓厚学术风气,得知我最喜欢的美国诗人弗罗斯特曾长期在安默斯特学院教书,而好友心静最钟爱的美国女诗人艾米莉(Emily Dickson),她一生隐居的房子就在镇上,已变成"艾米莉纪念馆",意外惊喜。心静曾说过人生最大梦想是"像艾米莉一样隐居在阁

认识凯西和汤姆一家人,意外造访马萨诸塞州的安默斯特。

楼,写诗",如果她知道我来到了这里,一定羡慕万分。

当天下午,看到我反应热烈,凯西一家人特地陪我骑单车到艾米莉纪念馆,可惜已过了开放时间。隔天,我独自前往,加入观光解说团,由一位典雅的中年女士带领,其他访客清一色都是白发苍苍的老先生和老太太,只有我一个年轻人,应该挂一个牌子"我是为好友而来,她有一个老灵魂"。

解说员指着红砖房子二楼左边的窗户,说:"那就是艾米莉住的房间,出生于一八三〇年的她,从三十岁以后,足不出户,终身未婚,却以创新韵脚和结构写诗,描写她对大自然观察和生命领悟,生前未获得太多认同,一共留下了一千八百首诗及书信,死后一出版,即造成轰动,对英美现代诗有深远影响。"

她带领我们入内参观,里面有艾米莉家族照片和书籍,走到她卧室,在樱桃木书桌和衣柜旁,展示着她生前常穿白色洋装,古典洋装把手脚都包住了,在那个女性大多结婚生子的保守年代,她却能坚持自己,发挥创造力,真是不可思议。参观完毕,走到庭园,解说员抑扬顿挫地朗诵艾米莉的诗,恰好就是去年夏天心静在专栏中曾翻译引用过的诗作《I'm Nobody》:

我谁也不是,你是谁?
你也谁都不是?

那我们不就是一样的？
不要告诉别人，他们会到处宣扬
你知道的。
多累啊，要当大人物，
抛头露面像一只青蛙，
在漫长的六月里，
冲着崇拜它的池塘，
鼓噪。

到一楼纪念品区买了明信片、诗选、书信集，写上这首诗，寄给心静，她在台湾的盛夏挥汗写诗，收到后一定很高兴。听了冗长解说，走出纪念馆，头昏脑涨，骑单车闲晃，在一旁公园里，发现两件有趣艺术品，在一颗大石头上，镶了一个铁片，像一个女孩举起左手说话模样，对面另外一个较低石头上，是一个男人仰头聆听，就像好友对话。解说牌说明一位是艾米莉，另一位就是弗罗斯特了，相差四十四岁的诗人，都以诗作描写新英格兰大自然景色著名，生前没有机会相遇，却在艺术家巧手中，变成谈诗论文的好友了。

瓦尔登湖心灵之旅

凯西家三位活跃女性，总是忙着各式活动，反而和汤姆有更多时间交流，他热爱阅读，客厅书架上有许多关于探险旅行和自然文学的书籍，在他们家休息几天，这些都成了我的精神粮食，我们有几本共同的书，像《瓦尔登湖》、《北航，向永夜》、《极地》等。和汤姆聊到共同兴趣——极地探险，发现我们同样读过许多经典探险文学，比如描写英国军官斯科特和挪威探险家阿孟森，争夺人类第一个抵达南极点

艾米莉纪念馆里展示艾米莉的家族照片、手稿和书籍。

的悲剧探险史《世界最险恶之旅》；还有我们都很崇拜"坚忍号"（The Endurance）船长英国探险家薛克顿。

汤姆特别拿出刚买的电视影集光碟——薛克顿（Shackleton）："你明天在家可以看，这部片子很精彩，你一定会喜欢的。"这部影集是根据《极地》一书改编，描述一九一五年薛克顿带领的"坚忍号"，在离南极陆地一百四十四公里，被困在浮冰中，船身逐渐承受不住流冰群的挤压爆裂，探险队展开极地求生记，吃尽了肉体与心灵折磨，受困于雪地二十个月之后脱困。由于薛克顿队长英勇领导，创下探险史上最不可思议的记录，二十八个队员没有一人丧生。影片最后还介绍了拍片实录，为了重现历史，所有演员几个星期在船上一起生活，冰上画面则在北极外海实地拍摄，真实震撼，男主角肯尼斯（Kenneth Branagh）演出逼真，我一个人看，外头下着大雷雨，更增戏剧效果。

出发到瓦尔登湖那天，汤姆陪骑了一段，顺道参观他工作的水坝，他带我骑小路，到水坝管理区后，经陡坡骑到最高瞭望点，他指着峡湾景色说："这个水坝主要供应大波士顿地区民生用水，当初建造时迁移了三个小镇，现在有两个镇完全淹没在水中……""你好幸运可以在这么美的环境工作，就像在国家公园。"他点点头，特别提到冬天附近河水结冰，大批老鹰会来这里捕鱼，平常可以在森林里看到扁角麋鹿、花鹿、熊、水獭及狼等野生动物出没。

从瓦尔登湖回来后，汤姆说他非常喜欢我寄给他的伊妹儿里提到的："半夜醒来几次，每一次醒来，看到的天色都不一样，当星光闪烁，月亮隐退，破晓前一刻，四周变得全黑，几种深浅不同的黑色，中间却有一道细长白光，我不知道如何描述那种美，只有身历其境的人，才能明白我的感动。"(I woke up a couple times during the midnight, and every time when I looked at the dark sky it changed. The moon disappeared then the stars shinning. Before dawn, it became all black, different kinds of black color and only a white line between. I could not explain how beautiful it is. . .)

他特别问我半夜看到的白光是不是沙滩,他多次造访瓦尔登湖,却没想过在湖畔露营,语气中充满羡慕。他送我一本《农庄生活》,推崇作者是二十世纪的梭罗,奈尔宁夫妇(Helen & Scott Nearing)共同经历了六十多年自给自足的农耕生活,贯彻人道精神,斯科特活到百岁,才依自己的意志选择死亡,海伦享寿九十一岁,书中很多深具启发性观念。

坚强的信念

临别前,从一张照片,才得知快乐家庭背后的坚毅力量,那时,坐在客厅指着一张全家福照片问:"凯西头发剪得好短。"汤姆沉默了一会儿,娓娓诉说他们的家庭故事……热爱运动的他们,计划花两年夏天全家骑单车横越美国,二〇〇二年从西雅图出发,花了七周到达明尼苏达州,共骑了三千三百公里,沿途露营,一周住一次旅馆。旅途中,汤姆和凯莉各骑一台,凯西和艾米莉共骑一台协力车,凯西在前面,为了怕艾米莉无聊,她还在背包后面夹一本书,让艾米莉可以边骑边大声念书,两人共享阅读乐趣。全家人兴高采烈完成前半段,没想到二〇〇三年二月,凯西诊断出末期卵巢癌,那年夏天,她都在医院做化疗,照片就是刚出院拍的,凯西一向就是家庭重心,从小母女亲密,所以这件事

性格开朗的凯西在大学教授户外课程。

对两个女儿打击很大,而凯西家族有卵巢癌病史,两个女儿也是高危险群(平均五十五位女性就有一位会罹患卵巢癌)。

凯西做完化疗后,虽然身体虚弱,但因受到美国最有名自行车选手兰斯·阿姆斯特朗(Lance Armstrong)的激励——他在患癌后凭着如钢铁般意志力和肉体,创下环法赛史无前例的六连霸纪录,对生命与自行车绝不放弃的热情,鼓舞着单车家庭再度上路。凯西指着她左手戴的黄色橡胶手环上的字 Live Strong(阿姆斯特朗基金会为癌症募款发行的手环,推出不到一年半,全球即售出三千三百万条,平均每一百名美国人就有八名拥有这条手环)说:

"我本是一个积极强健的人,我相信我可以再次强壮起来,未来不可知,我更要活在当下。"对于妻子的决定,汤姆全力支持,他认为:"当你用将来会更好的信念生活,将来自然会更好。"

虽然出发前,很多人质疑,怎么可以带刚接受过化疗的太太和两个女儿单车旅行。汤姆表示:"没想到凯西是精力最旺盛的,她的耐力比我们都好,一骑上车就很难停下来。"

今年夏天,全家人克服万难从明尼苏达州出发,骑经威斯康星州、密歇根州、加拿大的安大略省、纽约州,回到马萨诸塞州家中,三十五天骑了三千公里,完成后半段旅程,这是他们一家人永生难忘的回忆。

和汤姆因共同阅读喜好成为忘年之交。

难怪我刚到访时，全家人围着看旅行照片，津津乐道，这不只是一次家族旅行，更是全家人挑战病魔的奥德赛之旅，一路通过惊险关卡，平安返家。每次看到凯西，不论是在旅途中还是在家里，她总是精力旺盛，很难想象她是接受过化疗还得持续观察的病人，她不是应该多休息吗？她的毅力让我想到心静，她在澳洲发生意外，从连续两天昏迷中醒来，失去一个星期记忆，后来接受两次骨科手术，花半年时间复健，却从来不曾抱怨身体病痛，也不曾想过要停止旅行梦想，看似柔弱的她，在生死关卡前展现了强悍一面，这两位女性，外表截然不同，却同样有坚强韧性。

汤姆接着说："其实我很担心两个女儿，深怕她们罹患同样癌症，但是经过这次旅程，我可以告诉她们，就算发生了，也要放下心中害怕，集中心力，直接面对。"他们横越美国行程，加拿大只占一小部分，却在安大略湖和横越加拿大的我相遇，真是奇妙交会。

最后两天，凯西和汤姆关切我接下来的行程，几天前，意外收到一封伊妹儿，得知好友琦玲和比尔刚从加州搬回密歇根州安娜堡（Ann Arbor），而那里离日出住的安大略省伦敦（London）只有四百多公里，于是改变原来东行计划："我想沿着你们刚骑过的路线往西北到尼亚加拉瀑布，再到安大略省的伦敦拜访日出，然后，到密歇根州拜访朋友，再折回，往东岸的新斯科细亚省前进。"凯西看着地图说："这样你等于是回头绕了五大湖一圈。我们今年夏天的重点也在五大湖区。"她拿出详细地图指点精华路线，特别提到接近尼亚加拉瀑布一百多公里的伊利运河单车道，是他们整个夏天最愉快的旅程。

离开凯西家，单车道树林蓊郁，叶子开始变红，秋天快来了，想到弗罗斯特的诗句——美好的事物都留不住，庆幸自己珍惜这段相遇，再次来访，让我看到了很多一时难以描绘的人生风景，就算春天稍纵即逝，往前踩踏脚步，更加坚定。

瓦尔登湖的晓星

扰乱我们眼睛的光线对我们来说仍是黑暗,只有对那些清醒的人,这个明天才会破晓。更为清醒破晓的日子就要来临,我们的太阳,不过是一颗晓星。

——亨利·戴维·梭罗《瓦尔登湖》

独自坐在瓦尔登湖(Walden Pond)东北角沙滩,八点公园关闭,所有游客都离开了,喧嚣随之沉寂,湖泊和森林回归宁静。一个人,拥有一整座湖,浪花轻拍脚边不远的湖岸,夜晚,森林变成黑色剪影,松树锥形树尖依稀可辨,夏末澄澈夜空像打灯一样透亮,浅蓝色天空挂了一弯弦月,深蓝色波纹的湖面上闪烁晕黄月光,随风飘来几声鸟叫,分不出是漂泊的加拿大雁还是猫头鹰,晚风让白天暑气全消,置身在《瓦尔登湖》场景的兴奋感,让旅行疲惫一扫而空。

初中时第一次看《瓦尔登湖》,梭罗在瓦尔登湖畔简朴生活,仿佛是人生理想实践,他在两年两个月又两天的隐居期间,欣赏大自然四季变幻,靠双手劳动维持生活,自由自在思索生命真谛,他描述夏夜泛舟情景,如梦似幻:

在温和的夜晚,我常常坐在舟里吹笛,看鲈鱼在我四周游来游去,看月亮徐徐地滑过有棱线的湖底;鲈鱼好像是被我的笛声引来,湖底里

蓝色旅程 151

散布着树木的断干残枝。

从小在屏东乡下长大,下课后在田野奔跑玩耍,到田里抓"四脚仔""蜩蟧"是家常便饭,曾经跟着爸爸住在盐埔工寮,每天走两三公里路上下学,常常跑到溪流游泳、抓鱼,等衣服干了才回家,南台湾落日又大又圆,把天空染成温暖橙橘色,平原上的稻田仿佛洒了一层淡淡的金,土地公庙旁那棵密密麻麻老榕树,有一大堆雀鸟叽叽喳喳归巢,沉甸甸书包里装了好多溪里捡来石头,田野就像一个大游戏场,永远有新奇事物,等着我去探索。

上初中后跟着妈妈搬到高雄市区,热闹六合路夜市和新兴市场,是新的活动场所,住在港都,看《瓦尔登湖》里梭罗对大自然的礼赞,就像遇到有默契的童年玩伴,不需言语,相同成长背景,用眼神示意一下就可以了解,把这份感动放在心里,一路伴着我到台北念大学,出社会工作。

二十七岁当我展开单车环球之旅,第一站从阿拉斯加开始,背包里就带了一本《瓦尔登湖》,在一望无际阿拉斯加公路上,遇到动物比遇到的人还多,在公路休息时,再看熟悉字眼,却像戴上新眼镜,以全新眼光来看"自然观察笔记"背后意涵。

发现他到森林隐居原因,和单车旅行初衷惊人的相似:

我到森林去,因为我希望有心地过生活,只去面对生活的基本需要,看看我是否学到生活要教授给我的东西,免得临死的时候才发现自己白活了。我不想去过那不是生活的生活,因为生活是这样可贵……

单车旅行简朴哲学

单车旅行,脱离繁琐现代生活,少了对物质过度依赖,就像脱去层

…罗在瓦尔登湖畔简朴生活，是人生理想实践。

层衣服束缚，跳入水中，灵魂在海中遨游，自由翻转，倒着看《瓦尔登湖》，梭罗在林中沉思漫步身影，不只是对自然生活向往，更是人生哲学省思。在阿拉斯加荒野，人为矫饰自然消失，在白桦如风铃叶片中，倾听自然韵律，感觉不到双脚踩踏，整个人非常轻松，仿佛和整个环境融为一体，天人合一，天空的云，风中的叶，都好像是双手的延伸，敏感察觉到最细微变化，变化之中自有不变真理。

这次横越加拿大，从西岸到东岸，依然带了《瓦尔登湖》，美加边境五大湖区的水光在字里行间滟潋生波，瓦尔登湖魔力太强了，一步步偏离原来计划行程，一路曲折往南，深入美国马萨诸塞州，一直到康科德镇（Concord）。离开凯西和汤姆家，沿着非主要道路骑，第一次看到"康科德"字样是在路旁一块斑驳石牌，一个手刻的朴拙箭头指向前方，这个美国独立战争的发源地。

西元一六三五年建立的小镇，处处散发历史痕迹，红砖白窗消防所，有两个白色天窗的康科德博物馆，白色典雅拱门市政府，竖立了星旗造型墓碑的墓园，和其他千篇一律面貌模糊的美国小镇截然不同。先骑到游客中心拿地图，找到超越主义之父——爱默生纪念馆，梭罗曾经寄居在爱默生家中长达两年，交换条件是整理花园及主编季刊。爱默生是梭罗一生的良师益友，启发他对自然的热爱和歌颂，一生对梭罗"自由而坚毅的精神"给予物质及精神支持。

后来梭罗到湖畔盖房子隐居写作的土地，就是爱默生为了保护湖畔森林不受破坏而买的，梭罗在这段时期也结识了霍桑、奥科特、查宁等人，这些在美国文学史上响亮的名字，当时就在这间白漆木两层洋房里，高谈阔论，挑战思考极限，看着庭院一棵两人合抱老橡树，它可能见证了人文荟萃盛况。看似"孤傲"的梭罗原来有一群志同道合朋友，互相扶持。可惜不是开放时间，不能进去参观，盛夏天气炎热，昏昏欲睡，停好单车，在树下长椅，舒服睡了一觉。

接下来到《小妇人》作者路易莎·奥科特纪念馆，深棕色朴实房子，看起来就像是小说中四

姐妹住的地方，她受到父亲及其友人爱默生、梭罗的影响，从少女时代就开始工作帮助家计，培养自尊自律的精神。对《小妇人》一书印象不深，没有买票进去参观，倒是对纪念品店人潮叹为观止，相关产品琳琅满目，真是生财有道的纪念馆。

沿着瓦尔登街到达位于镇外一英里半的瓦尔登湖，很高兴用一种简单方式到达瓦尔登湖——骑单车，意谓着一种简单生活，因为所有需要的东西都放在单车上，用这种方式已经旅行超过一千天了。

身为一个单车骑士，向在年轻时启发我的梭罗致上最高敬意。

《瓦尔登湖》的小木屋

看到州立公园重建的小木屋，好像做梦一样，走进大约四坪小木屋里，有一个壁炉，一张单人床，一张绿色书桌，三把不同款式的椅子——书中曾提到，一为孤独，二为友谊，三为社交。坐在床上，望向窗外，趁着没人来访，把门关上，小木屋权充更衣室，把汗湿单车衣裤换成休闲衣裤，轻松自在，在桌上留言簿上留下此刻心情，是否能过着如同梭罗般简单生活？

在三年单车旅行中，三四件衣服就足够用来抵御高达摄氏四十五度的高温，低至零下五度的低温，平常，我是否拥有太多衣服了？如果一顶帐篷就可以走遍天涯四处为家，一辈子为了房贷奔波，到底为了什么？

翻阅书中对美国十九世纪资本主义"忙碌工作"的质疑，在二十一世纪的全球化时代，更加显得珍贵：

我们生活得何以如此惴惴惶惶，浪费掉许多宝贵人生？在未感到饥饿之前，我们便决心去被饿死。谚云：及时缝一针省却将来缝九针，所以他们今天就缝一千针，以省却明天缝九针。

走到屋外，用小瓦斯炉煮拉面，食物简单，在蓊郁森林中，吃得有滋有味，休息一会儿，走到湖畔，吓一大跳，瓦尔登湖像一个大游泳池，沙滩上躺满了做日光浴的人，花花绿绿，湖里也有很多游泳的人。换好泳衣，跳入水中，加入欢乐人潮，享受夏日清凉。

黄昏湖面泛着夕阳余晖，湖水浸透身上每一个毛孔，感觉自己好像变成漂浮在水中的鱼。游完泳，一个人穿越森林小径，当初梭罗建造小木屋原址，现在只剩下地下室地基，杂草丛生，稍坐片刻，等我走回湖畔，天色已暗，一个人影也没有，州立公园大门已经关闭了。

我决定不要再去找地方露营，我想留在沙滩上好好享受，瓦尔登湖此刻属于我就像一百五十年前属于梭罗一样，我们分享同样大自然和寂静，我很幸运只有一个人独享，我没有搭帐篷，只用了一个睡垫和睡袋露宿。

半夜醒来几次，每一次醒来，看到的天色都不一样，当星光闪烁，月亮隐退,破晓前一刻,四周变得全黑,几种深浅不同的黑色,中间却有一道细长白光,我不知道如何描述那种美,只有身历其境的人,才能明白我的感动。

梭罗在瓦尔登湖迎接的黎明,穿越时间的幽暗,散发光芒:

我不仅迎接日出黎明,若可能的话,还要迎接自然本身的苏醒!多少个清晨,哪管是夏是冬,在邻居们还没动静以前,我老早便已经工作起来了!晨曦中动身前去波士顿的农人,或去工作途中的伐木工人,无疑地,都会在路上碰见我办事回来。我不曾为旭日之升起,助过一臂之力,但也不曾怀疑目睹日出是件极为重要的事。

静静地坐在湖畔,迎接千百万年每天都会出现的日出,但是,只有此时此刻清醒的人,才能消除心中的黑暗,真正看清生活真谛的人,才能看见光芒万丈的晓星,不为外在功名利禄所蒙蔽。天色不断变幻,穿透云层阳光刚好照在对岸树梢,橘红色树林像是着了火,太阳挥动彩笔,天空、森林、湖水、倒影,整个湖一点一滴上了颜色。

伴着清脆鸟叫,再次走到森林深处小木屋,阳光在墙面、窗台、桌

在荒野中,倾听自然的韵律,感觉不到双脚的踩踏,达到"天人合一"的境界,仿佛和环境融为一体,天空的云,风中的叶,都好像是双手的延伸。

角、床边玩光影游戏，屋外空地有一尊铁铸梭罗雕像，他皱眉看着向上举起的左手，我在他的掌心放了一本英文版《瓦尔登湖》——在渥太华二手书店买的，我手上拿着一本中文版斜靠着他，看来就像一起阅读的朋友。

希望你喜欢我在瓦尔登湖的故事。

附记

隔天，把在瓦尔登湖畔过夜的经验，透过伊妹儿告诉全世界朋友，引起了疯狂的"嫉妒"及"羡慕"，可见在英语世界里，《瓦尔登湖》(*Walden*)是一本影响广泛的经典。

《瓦尔登湖》(*Walden*)是影响我最深的经典文学。

纽约州观音风暴

任何想过和谐生活的人，都应该遵守自己的信念行事。
——斯科特·聂尔宁《农庄生活》

有时候，旅行中会有征兆出现，当我停下脚步，随着征兆走往往会发现一个意想不到的世界。

离开安默斯特两天，同一天从马萨诸塞州，经佛蒙特州，进入纽约州，路上多是成熟玉米田，计划沿六十七号公路往西骑。傍晚云层渐厚，七点左右抵达小镇巴斯科克（Buskirk），停在路边，向在庭院除草的老先生问路，高头大马，长得像电影《钢琴师》澳洲演员杰弗瑞·乔许，他劈头就问："你一个人在干嘛？""我？骑单车旅行……"聊了几分钟，大卫要我在他家后院搭帐篷，不必去找露营区了。

他要我把单车停在谷仓，进屋和他太太打声招呼，桃乐丝正在厨房准备晚餐，绑马尾的她，感觉很像电影《廊桥遗梦》里，饰演慧黠家庭主妇的梅丽尔·斯特丽普，她贴心指点我浴室和洗衣机位置，邀请我待会一起用餐。

用餐前，大卫得意展示他收藏的东方文物和印第安艺术品，在美国乡下一个连商店都没有的小镇，看到中国屏风及字画，啧啧称奇，他又

大卫收藏的观世音菩萨,冥冥之中引领我来到他家。

说:"我有一座观音菩萨,在二楼。""观音菩萨?"跟上二楼玄关,镶嵌贝壳古董桌上真的有一尊两尺高白瓷观音,修长圆润,法相慈悲,面对着我来的方向。此时,窗外忽然下大雨,狂风让窗户摇晃不已,气氛诡异,忍不住告诉大卫:"妈妈每次总是叮嘱我,出门在外,如果有什么事,要默念南无大慈大悲救苦救难观世音菩萨,难道是观音引领我来到这里的?"滔滔不绝的大卫目瞪口呆。

"她说她妈妈叫她念观音……"大卫冲到楼下告诉桃乐丝这个巧合,七十岁的人,像小孩一样充满无穷精力,两夫妻异口同声说风雨这么大,不用露营,住屋内就好。望着风雨交加天气,庆幸自己及时找到遮蔽。桃乐丝煮了很多健康家常菜、炖豆子汤、烤鸡肉、有机生菜沙拉、玉米,边吃边聊,吃到肚子都撑起来,远超过我平常食量。

他们在加州住了四十五年,退休搬回东岸,两年前才买下这块五十公顷土地。桃乐丝强调,她家后院的豪司克河(Hoosic River),是从她出生的麻州小镇流了八百公里来到这里,往西不远就会汇流入哈德逊河(Hudson River),人生绕了一大圈,她又回到同一条河的怀抱。

民俗疗法大体验

大卫是个不按牌理出牌的天才,他念到九年级就离开学校,凭着自学上通天文,下知地理,在洛杉矶经营水电工程四十多年,事业成功,很多大明星都是他客户。他热爱阅读和电影,收集了五千多本书和一千多部电影,他最喜欢的电影是加拿大蒙特利尔导演拍的,叙述原始人发明火的过程,剧中人物没有说一句话,却像纪录片一样真实,他们夫妇每天看,连看了三个月,津津有味。聊到电影,虽然时间已晚,大卫又说刚买了一部汤姆·克鲁斯主演的新片《最后的武士》,邀我和桃乐丝一起看,剧情描写在明治维新时期,一个受聘到日本的美国退休军官,

纽约州淳朴的农村生活。

了解日本武士道的故事,看完,他说:"我相信前世今生,我曾经有一世是日本武士,这些场面感觉很熟悉,我有好几世是印第安医生和战士,也曾是中国人。"看他一本正经,平常都是我和外国朋友分享前世今生和缘分的观念,竟然遇到一个美国人,对我侃侃而谈。

回到客房,一下子就睡着了,临睡前,不免想到一尊观音,让我避开了暴风雨,却卷入了另外一场风暴,认识了一个精彩人物,他做的事,连常被认为是"怪人"的我也被打败了,人外有人,天外有天……

第二天早上,吃过早餐,准备要出发了,大卫却一下子带我去庭院看他种的番茄,一下子看他的猫,一直拖延,最后,他干脆问:"你一天骑几公里?""一百公里左右,我已经和朋友约好在尼亚加拉瀑布碰面。""那你多留一天,明天我载你到一百公里的地方,你再继续骑。"什么?骑车还有补业绩的,看到他诚挚眼神,不忍心拒绝,点头同意。

大卫平常钻研中医和穴道很有心得,当我决定多留一天,主动提出要帮我们脚底按摩,桃乐丝常接受这项服务,一脸理所当然。按摩完了,他又拿出一张密密麻麻的耳朵穴道针灸图,用铅笔笔心轻压我耳朵,压某一点时我感觉疼痛,他说我的胃有问题,可能前几天吃了不干净东西,胃不舒服。

他带我到二楼治疗室，拿出整套拔罐道具，像一个拥有心爱玩具的小孩终于找到同伴，他在我的背部拔了八罐，据说可以消除长途旅行疲劳，又用红外线照射我的肚子，治疗胃的毛病，另外他拿出特制能量水，增强胃的功能，我把它当作庙的符咒水，一饮而尽。他看我这只东方白老鼠言听计从，简直乐翻天，我笃信民俗疗法，常教外国朋友按摩消除疲劳，今天遇到道具比我多的大师，不敢班门弄斧。

趁大卫到仓库拿东西空当，桃乐丝把我叫到厨房，不放心交代："大卫是一个特别的人，但是他相信他看到的东西，他只是比较爱管闲事。"结婚五十年，她对先生有深刻的了解和宽容，怕大卫吓到我。

世界末日的准备

"我带你去看我的秘密基地。"大卫低声说，像要带我去侦查外星人基地，没有随身武器，空手去安全吗？答案在谷仓中，他预感十年内会

大卫的谷仓。

有大灾难，储存很多罐头食品和药品，希望到时可以助人，他巨细靡遗报告他的库存及进货计划，先进先出，到期食品他们会先用，看地上好几箱巧克力酱，心生疑惑——世界末日需要巧克力酱吗？

接着他又带我到地窖，他利用天然温度保存农作物和医疗器材，一切仿佛电影情节，当我头昏脑涨走到屋外，想要透透气，大卫两眼发光，宣布一个大秘密："我有预感，在东方会有一座山，天然山洞很适合存放急救物资，等我找到我要买下来。唉，我想做的事，二十年都做不完。"看他身心健康，活到百岁应该没问题，不过，他是不是好莱坞电影看太多了，千篇一律通俗剧情都是地球快要毁灭，只有英勇的美国人可以拯救世界，最后一幕大多是浩劫余生的相拥。

看着有百年历史大谷仓，他问，知不知道这一个地区屋顶为什么要盖不规则形，那是因为早期荷兰移民都是船员，不懂得盖房子技巧，直接把船底翻过来当屋顶，说到这，他急切地说："我很想教你很多东西，

你应该住一年才够。"那不就变成一千零一夜了，故事永远都不会结束。

"那要找心静来，她求知欲旺盛，阅读广泛的她一定有更多启发，她一直想要找阁楼闭关写作。""那你们来住两年，一年写作，一年学习，我把谷仓二楼改建成工作室让你们用，今年冬天我要整建后院三温暖（桑拿浴），等你们来就可以洗芬兰浴了，工作累了可以走到后院河边散步……"他开心编织共同工作的美丽远景，我得赶紧写信告诉心静，下次一起来。

隔天，他和桃乐丝开车送我，途中，他先带我去看独立战争的纪念碉堡，河边木头碉堡上，布满枪孔，那是美英双方争夺哈德逊河的激烈战役造成的，经过萨拉托加，据说西元一七七七年著名萨拉托加战役（Battle of Saratoga）发生在此，是决定美国赢得独立战争的主要战场。顺路去看一个有趣的熨斗博物馆，疯狂馆长是大卫的朋友，私人收藏上千个老熨斗，一开始是朋友赠送，他产生兴趣开始收集，最后干脆开博物馆与人分享，兼卖古董和纪念品。

中午在强斯镇用餐后，大卫到药房买了薄荷凉糖及漱口水送我，交代我要好好使用，可以保护胃部。告别时，桃乐丝担心地看着娇小的我及满载行李单车，流下眼泪，我笑笑地说："每个人都有他的天命，别担心。"挥别这场观音带来的风暴，继续往西走。

我常觉得虽然我是一个人旅行，但一点也不孤单，也许有守护神，一直陪在我身边，当我需要协助时，就会化身成路边天使，助我渡过难关，我要做的，是用心注意征兆，随遇而安，朝向我该去的方向，一路学习旅程课题。

心是一把钥匙

留心看,深深地洞察这个世界,洞察草木、鸟儿、岩石、溪流,洞察星辰、月亮和太阳,洞察人、动物,你会发现幸福和喜悦构成了存在,存在是由喜乐所构成的。

——奥修《奥修谈身心平衡》

夏末太阳依然猛烈,规划路线时尽量沿着河边或湖畔,方便"跳水"消暑兼洗澡,一举两得。这阵子正值收成季节,农人驾驶大型收割机采收玉米,常见到卡车满载饱满玉米,捡了几根玉米,蒸熟香甜鲜嫩。有些农家在路旁摆摊,贩卖自家蔬果,放了蕃茄、马铃薯、甜椒等,标上价钱,投钱箱上写着"Serve Yourself"(请自行取用),就成了自动贩卖机,这是我的食物补给站。

昨夜在欧内达湖(Oneida Lake)附近的教堂前露营,天刚亮就被鸟儿吵醒,太阳尚未出来,森林披上一层雾蒙蒙薄纱,骑了一小段路,被湖水吸引,弯进通往湖畔小径,尽头是码头,空无一人,摸摸湖水,水温刚好,脱光衣服,纵身一跳,全身毛孔瞬间张开,没有比晨间裸身徜徉湖中更令人愉悦了,像梭罗一样,迎接清晨,向美好的一天致敬。

刚穿上衣服,就听到车声,有人载了游艇准备到湖中垂钓,真是千钧一发,轻松坐在草地上休息,煮巧克力燕麦片当早餐,朝阳照耀着远处湖面,金光闪闪仿如湖底藏着宝藏。

约州的传统建筑。

与约瑟芬一起逛农夫市集。

一整天愉快踩踏，身心和单车节奏渐渐合而为一，经过两个多月磨练，身体和心灵都处在最佳状况，一点也不觉得自己是异乡人，深深融入此刻的阳光、微风、原野，自由地想要迎风而起，大自然没有疆界，属于每一个人。

抵达位于安大略湖畔奥斯维果城（Oswego），这是我看到的第二个五大湖。位于加拿大的苏必利尔湖颜色接近浅蓝，纯净天然，由原始森林包围；安大略湖趋近深蓝，湖畔很多工厂，处处是人类开发痕迹。傍晚骑到一个游艇码头，在湖畔公园休息，观察周围环境，注意到一排排长椅上渐渐坐满了人，原来这里是欣赏落日著名地点。

看着湖面上金黄夕阳，有一位东方脸孔女士走过来，留着清汤挂面头，她问："你一个人骑单车旅行吗？""嗯！我已经旅行了两个多月，往尼亚加拉瀑布前进。"约瑟芬知道我来自台湾，改用中文和我交谈，原来她来自马来西亚，两个多月前才和先生搬来此地，听到我晚上要在公园露营，马上邀请我到她家作客。

"史蒂夫，我带了一个台湾来的新朋友到家里作客。"约瑟芬把我介绍给她先生。

"你好，欢迎、欢迎。""喔！骑单车旅行，真不简单。我也喜欢骑单车，每天上下班都以单车代步。"碧眼金发的史蒂夫中文流利，原来他曾到中国工作七年，刚下班的他戴了工作手套在后院挖土，准备更新房屋排水系统和地下管线。史蒂夫是核能工程师，负责管理安大略湖畔的核能电厂，今天在湖畔看到冒着白烟的厂房就是核能发电厂。

千里姻缘一线牵

"我先生刚调来这里工作，这栋房子房间很多，今晚你可以好好休息。"约瑟芬先带我到二楼浴室，提供大毛巾，让我洗热水澡，骑了一

一个人的单车旅行，学习聆听内在的声音。

天单车，汗流浃背，让热乎乎的水及香皂，洗去一身油垢，真是顶级享受。晚上，她煮了可口家常菜，红烧豆腐、四季豆炒肉丝、烤鸡块、墨西哥薄饼，还有热腾腾白饭，久违的中国菜，久违的中文，很快就像乡亲一样熟稔。

约瑟芬笑着说："我们是在中国新疆旅行时认识的，朋友都说我们是千里姻缘一线牵。"他们的爱情故事说来话长，三十岁那年她随基督教教会到非洲毛里求斯当义工后，因为她祖先是从福建迁移到马来西亚，她决定到福建自助旅行一个月。那一次，因为她轮廓深邃，常被误以为是新疆姑娘，促使她第二次到中国时，特别前往新疆。

当地农夫市集。

"一到那里，我就有一种回家感觉，当地人也都以为我是维族姑娘。"她提到那段旅程最难忘的经验。"我刚到新疆时，每次进中国餐厅吃饭，发现周围新疆人总是气冲冲看着我，经过几次不愉快经验，才知道他们当我是维族人，误以为伊斯兰教徒不守教规，偷吃汉人的猪肉。"我曾经去过土耳其和埃及旅行，幸好长得不像伊斯兰教徒，不曾引起误会。

史蒂夫当时在北京的石油大学教书，和朋友到新疆旅行，初次见面是在最受自助旅行者欢迎的红山宾馆，宾馆外的蒙古包里，各放了七八张行军床，以便宜价格出租，他们被分配到同一顶蒙古包，虽然只是短短三个早上，却留下深刻印象。回家后开始通信，半年后，史蒂夫利用出差机会到马来西亚找约瑟芬,约瑟芬的家人都很喜欢他,他们有共同信仰加上情投意合,半年后互定终身。

"好浪漫,一个来自美国,一个来自马来西亚,却在新疆认识而结婚,真是有缘千里来相会。"史蒂夫虽然有西方人外表,言行举止却像亚洲人,好特别的一对夫妻。有趣的是,史蒂夫是挪威移民美国的第三代,他祖父是建筑师,负责规划新市镇,父亲继承家业,他自己则是工程师,三代富裕,他受的家庭教育却强调挪威人坚忍卓绝的精神,父母不会沉迷在奢侈生活,反而重视心灵成长,从小带他到处旅行,利用财富帮助落后地区的人盖学校,改善教育环境。家里使用坚固耐用的家具,不吃垃圾食物,没有电视,追求生活的本质,对照一般主流媒体报道或是银幕上呈现的"上流社会",那种动辄以数字衡量一切的肤浅生活,是否让人以为钱是一切主宰呢?

接着,我讲述大卫的退休生活和人生哲学,两人都睁大了眼睛。其实两地相隔不远,骑单车是三天距离,却不了解彼此生活,一般人交往圈大都是固定的。忽然想到我骑单车,就像在游牧民族之间游走的骆驼商队,带来外界信息,造成撞击,再带走新的故事到下一个绿洲,传递不同地区的生活经验,说不定一个小小改变,会像蝴蝶效应,引发巨大影响力。

听从约瑟芬建议,多留了一天好好休息,一起逛市集、包水饺,她特别带我参观纽约州立大学图书馆,馆内拥有二百五十万册藏书,一座书堆起来的城堡,学海无涯。短短两天,心像是一把钥匙,打开了

彼此生命，看见真实生活，心比金钱重要，过去、未来都不可掌握，但是在相遇此刻，不是另一个擦身而过的陌生人，留下深刻的心之铭记。

伊利运河发展史

告别约瑟芬和史蒂夫，从奥斯维果出发后，沿着安大略湖南岸一〇四公路骑，抵达威廉森镇（Williamson）后南下二十一号公路，在帕米亚镇（Palmyra）进入伊利运河单车道，这里就是凯西一家人极力推荐路段，途经罗切斯特（Rochester），到接近尼亚加拉瀑布的洛克港，约一百多公里。

伊利运河在十九世纪兴建，连接五大湖区、哈德逊河（Hudson River）、水牛城以及西部，大大缩短了货运时间与成本，造就终点站纽约港的繁荣，这段行程，仿佛见证美国早期发展史。现在运河已经没有货运功能，运河上有木制船屋出租，船屋可以容纳一家人沿运河旅行，偶尔有私人游艇停泊在乡间别墅前，除此之外，整条路完全不受打扰，幽静单车道随着河流、沼泽与山坡地等不同地形，有时在运河左岸，有时绕到右岸。

骑到下午，全身燥热，忍不住跳下运河游泳，一群当地单车同好，受到我的煽动，跃跃欲试，有一个胖胖的太太穿着衣服先跳下水，其他人纷纷仿效，在运河中度过夏日时光。晚上在运河旁找到一座古典旧桥，想享受电影《新桥恋人》以桥为家的浪漫，在桥墩露营，可惜选错地方，看起来不起眼的桥却是附近交通要道,整个晚上被车声吵得睡不着。

第三天,骑到伊利运河单车道终点,在洛克港(Lockport,Lock即水闸)看到五层楼高水闸门,让通过船只克服将近二十五米高落差,像为船设计的电梯,非常精巧。

这一个星期,横跨美国纽约州回到加拿大边境,结束纵贯美国东北四州的旅程。这趟旅程,认识很多有趣的美国朋友,留下无数回忆,改变我上次到美西骑单车旅行时对美国人多只追求物质享受,资本主义至上的印象。

接近美国边境时,一大片向日葵花田在艳阳下恣情绽放,好像在为我大声喝彩,加油,加油!骑上横跨尼亚加拉河的彩虹桥,桥的尽头就是加拿大海关了,往左可以看到美国境内的尼亚加拉瀑布,水声轰隆隆,水汽弥漫四周,美国行一个壮阔的句点。很快就要见到日出了,想起她的淡蓝色眼睛,就像瀑布一样,充满爆发力。

接近美国边境的向日葵花田。

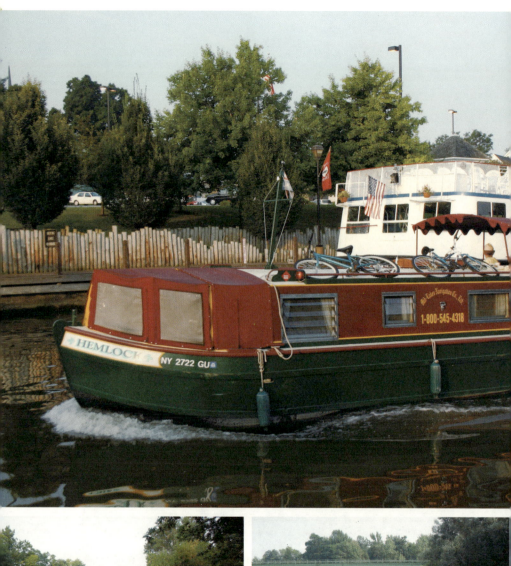

伊利运河（Erie Canal）建于十九世纪，连接五大湖区、哈德逊河，造就纽约港的繁荣，运河已无货运功能，可租木制船屋沿运河旅行，运河旁是单车道，这段行程，仿佛见证美国早期发展史。

美加边境漂流

我没办法解释,但就像这人是守护神一样,一路都在护佑我。
——麦克·迈肯泰《不带钱去旅行》

在法国圣·埃克苏佩里的小说《小王子》一书中,小王子在旅途中"驯养"狐狸,变成朋友,书中描述两个朋友道别的不舍,却没有提到好朋友重聚的情景。

几天前和日出电话联系,她说要开车从伦敦到尼亚加拉瀑布和我碰面,顺道把我接回去,约在加拿大海关的停车场,周围是人山人海的各国游客,在人群中再次见到日出,仿佛在兵荒马乱中找到亲人,阳光照亮她灿烂笑容,在加拿大同行的回忆倾泻而出,我们又碰面了。

她的车子不能停在海关停车场,被迫绕了一个多小时找停车位。这个小城的观光产业大多是美国财团跨国投资,大型游乐场、赌场、饭店、好莱坞星球餐厅、星巴克咖啡店林立,不断闪烁的霓虹灯,如同置身拉斯维加斯,让习惯了新英格兰宁静乡间的我,深受震撼,所有一切和瀑布格格不入,"一个很假的城市。"忍不住说真心话。"那是为了游客而设的,我也不喜欢。"来过多次的日出说。

好不容易停好车,我们穿过人群走到瞭望台,同时可以看到尼亚加

尼亚加拉瀑布（Niagara Falls）被山羊岛分成两部分：美国瀑布和加拿大马蹄瀑布。

拉瀑布（Niagara Falls）——被山羊岛分成两部分的美国瀑布和加拿大马蹄瀑布，西边的美国瀑布接近蓝色，有庞大的落石堆，洪水如万马奔腾，充满阳刚之气；东方的加拿大瀑布接近青色，呈半环状，水气如云雾飘散，温柔灵秀。恰好就像两国人民，美国人积极进取，加拿大人温和善良。"雾中少女号"游艇在瀑布底下，如一只在漂荡水面的小汤匙，俯视气势磅礴的双瀑，有一股莫名感动……静静地看着大自然壮阔奇景，心胸随之豁朗，天地之间有无穷无尽空间。

"可惜不能去游泳。"想起以前同行每天跳水的快乐。

"那是全世界水量最大的瀑布耶。"说得也是，不是所有事都能尝试的。

本来想在附近露营几天，欣赏尼亚加拉瀑布景致，可惜日出晚上要工作，必须赶回伦敦，匆匆再看一眼瀑布，搭上日出的车，开了两个多小时回到她住的地方，一下车，看到天上黄澄澄满月，想到苏东坡怀念他弟弟所作的《水调歌头》——"人有悲欢离合，月有阴晴圆缺，此事古难全。但愿人长久，千里共婵娟。"翻译成英文解释给她听：

A man knows grief and joy, separation and reunion
The moon, clouds and fair skies, waxing and waning —
And old story, this struggle for perfection!
Here's to long life
This loveliness we share even a thousand miles apart!

她沉思片刻，唱起一首法文歌，歌词大意是两个好朋友仰望明月想念彼此，真是心有灵犀。

大学刚毕业的日出在中途之家工作，一楼是起居室和厨房，二楼有美加边境的彩虹桥。

三个房间,日出的房间不大,放了一张单人床、书桌和衣柜,几乎就满了。她的工作是照顾住在其他房间的四位少女,所以晚上十一点前一定要回来,白天另外有一个工作人员值班。"抱歉,要委屈你和我挤这个小房间。""没问题。"看照片分享各自的旅程,当她接近旅程终点爱德华王子岛时,因为怕来不及回伦敦上班,打电话给杰米,"搭便车服务中心"派上用场了,杰米把她载到哈利法克斯机场,让她顺利回到伦敦,记得当初她收下电话时,莫名其妙,没想到迸出火花。

结束旅行的日出,必须面对现实,旅行的单纯与快乐已经很遥远,她上大学期间兼了四份工作,现在只有这份兼职收入,必须尽快找其他工作,才能维持生活,偿还助学贷款。隔天早上见到她未婚夫,细眼方脸的他敦厚老实,典型韩国人,标准好丈夫类型。一起参观他们明年举行婚礼的教堂,有一百多年历史的石砌教堂,小巧古朴。两个人讨论婚礼细节,有很多繁琐工作,由于成长过程的缺憾,她很渴望拥有一个温暖的家,给小孩完整的爱,韩裔未婚夫十五岁随家人自韩国移民,已经融入加拿大生活,但毕竟来自东西不同文化,仍有许多待磨合的差距。

第三天早上,吃完早餐,日出哀伤地说:"你特地来找我,我很想好好招待你,但是我现在分身乏术,又要找工作,又要筹备婚礼,实在没有余裕,请你先到密歇根州找你的朋友好吗?""我也走过类似的路,你是一个坚强的人,一定要相信,未来会慢慢变好,从旅行回到现实,会有很大落差，慢慢调适，把从旅行中学到的能力运用在工作上……"看到她的挣扎令人心疼，明知每个人有自己的路，只能靠自己的力量走过，恨不得把所有经验传授给她。

陌生的善意

好不容易回到加拿大，又要往美国前进，旅程转了第二个弯，就像一颗小石头遇到瀑布，身不由己在水中翻滚，不辨方向，被带到一个完全陌生地方。匆匆离开伦敦，没有这一区详细地图，在乡间迷路绕了很久，无心看沿途景致，跟着路标一路往西骑，傍晚在一个公园准备露营，看到停车场车子里有一个人在注意我，躲进公厕，一连几天没有睡好，腹痛如绞，一直拉肚子，如果大卫在这里，一定会帮我作民俗疗法减轻疼痛，待了很久才出来，车子里那个人走过来说："我是道格拉斯，刚才在加油站的餐厅看到你，又在公园遇到，看你进厕所很久，需要帮忙吗？"松了一口气，说明现况。

"你身体不舒服，公园里人来人往，在这里露营不能好好休息，我住在露营区的房车，离这里有一段路，啊，我有一个朋友的家离这里不远，大约五六公里，你可以在他家后院搭帐篷。"他好心地带我到他朋友艾尔家。

第一眼看到艾尔，他的眼睛好像火球一样，布满血丝，满脸白胡碴，像一个精神崩溃的人，走进屋内，更吓了一大跳，遭小偷似的乱成一团，文件、书籍、器材，散置各处，连走路都很困难，他清出一个空间，请我坐下，道格拉斯先走，他倒了一杯茶给我，说："不用露营了，你可以住我儿子房间，他不在家，我通常会工作到很晚，睡一下又要起来工作，希望你不介意。"艾尔以前在密歇根大学编医学期刊，好巧，我正要到那里找朋友，他知道后，再三强调那是充满文化气息的大学城，生活步调

虽然是一个人旅行，但一点也不孤单，也许有守护神，一直陪在我身边，我要做的是用心注意征兆，随遇而安，朝向我该去的方向，一路学习旅程的课题。

和美国其他城市不同,又推荐了几个非去不可景点。目前单身的他专注于自己的学术研究,无暇整理房子及外表,才会像流浪汉。

两个疲惫到极点的人喝茶闲聊,一个在旅途上探索有形疆界,一个在学术界探索无形领域,发现我们都喜爱摄影。艾尔年轻时在加拿大国家电视台担任采访,培养艺术摄影专业,目前有经纪公司代理他的摄影作品,定期办摄影展,他拿出好几台历史悠久的古董相机说:"我坚持用最传统方式拍照,为了经营一个画面,可能会花上好几天时间,但我认为这样才能表达视觉和光影美感,现在强调速成的科技无法表现深沉意境。"他拿出几张得意作品,挑了一张重复曝光的海鸥送我,画面中那只海鸥的飞行姿态,仿佛是在挣脱束缚追求自由,有一股强烈生命力。

发现我们还有一个共同点,就是美国女诗人艾米莉·迪克逊,那是他最喜欢的诗人,而我曾经拜访过艾米莉纪念馆,艾尔引用她诗中的一段,传神地描述了我们的偶遇:

Our restless souls

Shared some tea

Then moved on down other roads

我们骚动的灵魂

偶然分享杯茶

又要各自赶路

早上,他用心清出一个位置,一起享用早餐,临走前,他硬塞了五十元加币给我,坚持要我收下,他眼神带着些许哀伤地说:"这只是一个小小祝福,你就像来唱圣歌的小天使,也像我女儿,带给我很大快乐。我希望你一路都有好运,如果需要任何帮忙,记得打电话给我。"

蓝色旅程 189

接着又说:"明年我会买一台露营房车,放在后面森林里,你喜欢加拿大安静生活,随时可以来住,这里就是你在加拿大的另一个家,我永远欢迎你。"我会意地望着他:"你是我的加拿大爸爸,多保重!"

迎着朝阳再度踏上旅程,骑了一段路,到路边餐厅打电话,遇到正在吃早餐的道格拉斯,他真像间谍,神出鬼没,他高兴地说:"我打电话想告诉你路况,可惜艾尔在上网,一直打不进去,你走三号公路进入美国,尤其是温德瑟(Windsor)到底特律(Detroit)之间是干道,交通非常混乱,如果你同意,我可以开车载你一段,带你到北边,你只要搭渡轮就可以到对岸的美国海关安哥那克(Angonac),那段路车流量不大,比较好骑。"一向随遇而安的我,恭敬不如从命。

在车上,才知道他有糖尿病,他在公园停车是为了替自己打胰岛素,曾经有两次离婚经验,年轻做生意存了很多钱,经济不虞匮乏,走到接近生命终点,希望有人可以作伴,年轻时不在意感情,失去后才知道珍贵,现在交了一个美国笔友,正在寻求人生的第三春。我在旅途中看到很多再婚夫妇,过着幸福退休生活,鼓励他用心经营黄昏之恋。

站在渡轮口,他塞了二十元加币和二十元美金给我,诚恳说:

"四十多年前,我靠着搭便车游遍美国,除了阿拉斯加和夏威夷,每一州我都去过了,有一次很惨,身上几乎半毛钱都没有,幸好一个神父帮助我,提供食宿,临走还给了我十元美金,对当时的我是一笔很大数目,我至今感谢他,你刚过边境,不容易找到银行,就留着用吧。"

搭上小渡轮,向岸边的道格拉斯挥手道别,感谢他让我避开可怕车流及人潮,轻易通过美国偏僻海关,入境时护照上连章都没盖,又回到美国,这几天游走美加两国边境,心情大起大落,一心想探访如家人的朋友,分享她即将结婚的喜悦,却看到她陷在困境中,帮不上什么忙,一个人默默离开,在孤单无依旅途中,遇到两个独居老先生,他们不吝伸出温暖的手,就像守护神一样,护佑着我,安慰漂流灵魂。

加拿大到美国的渡轮。

美加边境公路路标。

我在这里等你

旅行之后该是安顿下来的时刻……就如干枯茎干上的棕色马利筋草豆荚,在每个时刻中都含有过去的果实和未来的种子,我们应做的事就是用爱心浇灌这颗当下的种子,让它开花结果。
——南恩·瓦特金丝《旅向曙光》

有的朋友,平常很少见面,却像周期性彗星一样久久出现一次,在生命转捩点,照亮黝黑夜空。

一九九八年,当心静到旧金山加入我的环球旅程时,提及刚嫁到美初中部密歇根州的琦玲,可能会搬到加州。透过伊妹儿联络,当我们骑单车绕了旧金山湾一圈,风尘仆仆到达硅谷,刚好是琦玲和比尔搬到新家第二天。他们租了一台货车满载家当,穿越大半个美国,正好搬到我们旅程必经之地,刚租下的房子空荡荡的,客房空无一物,晚上钻进睡袋,就像在野外露宿。

无所事事的访客加入了安顿新家大工程,记得一起开货车去载新买二手沙发回家,待在货柜里的我们躺在舒服沙发上,当他们打开货车后门,看到两个人沉沉睡去,那一个星期,长途跋涉的旅人充分休息,每天行程就是逛大卖场或市集,搬家具回家,闲暇时打麻将,美国女婿比三个台湾人还要沉迷牌桌。那时,我们刚踏上旅程,前途茫茫,琦玲刚到异乡,还不适应婚姻生活,彼此有很多横冲直撞的想法,需要时间检

与比尔家人在密歇根州重逢。

验，认真讨论，激起无限希望。道别前一晚，四个人到旧金山海边的悬崖露营，满月光辉像一盏路灯，照亮汹涌太平洋和脸上年轻锐气，比尔吹起口琴，在心中久久回绕不已。

这一次计划加拿大之旅，久居旧金山的琦玲和比尔，自然不在路线上，然而，他们刚好搬回密歇根州，陪伴年老父母，而我又从黛安家往南拜访瓦尔登湖，本来应该往东走，却为了再见日出一面，曲曲折折往西绕回尼亚加拉瀑布，最后到达安大略省伦敦，距离他们密歇根州新家，已是咫尺之隔。他们两次都搬到我的旅程前方，就像以前一首流行歌 *Right here waiting*，每次听到充满感情的男歌手唱出永恒不变的等待——我在这里等你，总是涌起一股感动。

见到久别重逢的琦玲和比尔，大力拥抱，比尔从车上拿出一面大旗挥舞，那是我六年前送给他的礼物，自己早就忘了，他还保存着。他们开了一个多小时车到美加边境，把我载回安娜堡（Ann Arbor）的新家，走进去，屋内像样品屋一样空旷，才知道那面旗逃过一劫的离奇遭遇。这次搬家他们把全副家当委托搬家公司处理，没想到中途货车爆炸起火燃烧，私人物品付之一炬，他们开车到达灾难现场，只抢救了一些书、衣服，包括那面国旗，其他充满感情的物品全都"人间蒸发"了，一切重新开始。前两个月，他们忙着照相、申请理赔手续，只买了必要的电脑和冰箱，接受亲友馈赠的旧家具。看来我又要加入安顿新家的大工程了。

留着齐耳短发的琦玲，少了年轻的漂泊无依，多了中年沉稳，她已在旧金山州立大学念完人类学硕士，完成长久梦想。早已皈依的她，早上起来到阳台看佛经、打坐、散步，下午帮《世界日报》翻译新闻，无论是政治、经济、影剧，她都能飞快用电脑打成中文，问："每天翻这么多新闻不会混乱吗？""不，我翻完就忘了。"茹素的她煮简单晚餐等

安娜堡（Ann Arbor）是美国最有人文气息的大学城。

比尔下班回家,晚上一起静静阅读、听音乐。担任急诊室护士的比尔,看尽人生疾苦,有一颗善良的心,对琦玲无限温柔。住在这里,仿佛住在喜马拉雅山庙宇或希腊山区修道院,与世隔绝,我像是远来挂单的行脚僧,互不干扰。

旅行的中场休息

那十天是旅行的空白,雄壮交响乐的中场休息,听众和音乐家都可以暂喘一口气,调整身心,准备聆听接下来乐章。每天,我和琦玲在餐桌上对话,分享彼此生活,讨论人生哲理,仿佛是心灵最高沟通,我们

都相信累世因缘,不知为什么,这几年每次碰面,似乎都是我生命中的低潮。这一次千里而来,却在期望中迷途,找不到出口,在快乐和痛苦间反复煎熬,一向坚信人定胜天,勇于付出,黛安和日出却让我感到失落,一股脑向她倾诉,她推荐我看奥修的书,学习爱和关系的释放,很多事放在更大的时间轴线上来看,不可解行为都是情有可原的,对人性要有更大包容。

当悲痛心情渐渐平静下来,想到一路认识的朋友,觉得自己就像一个一心寻找稀有宝石的人,随手捡了一些小石头,当一心期望的宝石忽然落空,才发现手中的石头,才是最珍贵的,更加珍惜难得因缘。久别

好友,像"心灵互助会",互吐心事,释放真实情绪,抚慰深沉悲伤。

除了帮琦玲做家事或是帮忙比尔组装家具,最喜欢骑单车半小时到安娜堡——拥有密歇根大学的大学城,三万多个学生构成年轻奔放气氛,街上行人穿着悠闲,市中心很多咖啡店、旧书店、画廊、博物馆。我最喜欢的一栋建筑是学生活动中心,有钟楼的建筑墙面爬满攀缘植物,和日本早稻田大学文学院相似,融合了历史和生

大学城充满历史感的建筑。

命痕迹,一楼右边是典雅阅览室,每个座位上都有一盏古铜底座台灯,学生正在认真念书;二楼有一间古典撞球场,提供学生交谊活动,中庭有很多学生正在做啦啦队彩排,令人想起大学时代多彩多姿生活。

这次旅行,好像和大学特别有缘,一路经过很多顶尖学术重镇,美加两国的教育机构,吸引了全世界学子来此学习,也常在校园看到亚裔学生。离开校园已久,又回到学校教书,只希望自己永远保持一股学习热诚,不断从生活、旅行中好好学习,世界是一所大学,需要用一生时间学习。

由于琦玲工作忙碌,比尔趁着两天假期,载我回他父母家玩,当初在台湾有过一面之缘,在比尔和琦玲喜宴上,得知比尔父母第一次到台湾,喜宴结束,特别去买台湾乌龙茶,又精心挑选漂亮的国画纸盒包

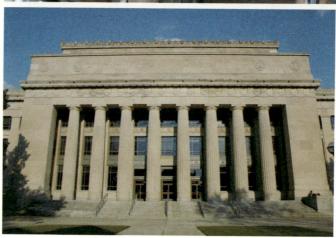

安娜堡大学城的单车警察。

装,赶到饭店送给他们,老夫妇惊喜之余,力邀我们去玩。六年后,一连串意外,真的登门拜访了。中秋节快到,在中国超市买了一盒月饼,铁盒上是一幅嫦娥奔月图案,他们果然非常喜欢,珍拿出保存多年的乌龙茶纸盒,诉说在美国品尝台湾高山茶心情,再三感谢我的贴心。

比尔爸爸(父子或是祖孙同名,在西方很平常,代表一种荣耀)在福特汽车公司担任四十多年工程师,退休后夫妻搬到森林环绕的斯坦伍德(Stanwood)度假别墅。珍巧手布置的房子温馨精致,挂满潜水和海底生物照片,原来比尔和珍已经潜水三十年,从像太空人的沉重器材时代就开始了,比尔热爱海底摄影,有很多精彩照片,邀请我冬天再来,玩越野滑雪,这对七十岁夫妻结实的身材,可以用"健壮如牛"来形容。

为了我第一次来访,一群人浩浩荡荡往密歇根湖出发,开车约一个多小时,到达一个以"沙丘越野车"闻名的沙滩。密歇根湖一望无际,水平面上没有任何建筑或树林,一个最像海的湖,比尔带领大家搭上四轮传动沙滩越野车,司机在起伏沙丘上,追赶跑跳碰,像云霄飞车,车上十多个人不断尖叫,下车后很多人两脚发软,站都站不稳,大呼过瘾,一群人开心得像小孩子。

准备离开琦玲家回加拿大时,她拿出一本她翻译的书《旅向曙光》,叙述一个六十岁女人环球的故事,还有一本小册子,每一页都写满了她的哲思小品,她在第一页写着:"希望我们在餐桌的对话,能透过这个小册子继续下去。"我送他们一个烤箱当作新居贺礼,希望他们很快找到新生活的节奏。

中场休息够了,我的旅程,要聆听下半场乐章了。

红色枫情

——加拿大安大略省、魁北克省、
　新伯伦瑞克省、新斯科细亚省

《枯叶蝶翩翩飞过》

枫叶打在我的脸上，灼伤了我的心，
爱和秋天在空中互相纠缠，难分难解。

无声旋律，震撼心弦，
夜晚的低温，酝酿暴烈火山，
谁能抵抗命运的垂钓者，
在你的眼里旋转，旋转。

轻盈如水的绿，干渴如火，
荒漠，耗尽了所有的力气，
再看一眼你的绚烂舞衣，
停不下的红舞鞋……

舞会未完，音乐融化
我的脸，枯叶蝶翩翩飞过。

多伦多街头

只要我们期盼相聚,我们便能在一起,生命的欢乐庆典是永不停息的。
——理查德·巴赫(Richard Bach)
《没有一个地方叫远方》

第三次进入加拿大,仿佛展开新旅程,在过境桥上眺望休伦湖,这是最后一个"五大湖"。本来只计划横越加拿大,却在美加边境徘徊,绕了五大湖一圈,地图上的蓝手掌,变成真实风景,在眼前闪烁波光。前半段在温哥华岛每天听着潮声入眠,后半段在湖区天天跳入水中感受湖水清凉,一次充满水的旅程。

空旷道路两旁是成熟麦田,一排排金黄南瓜大如车轮,树叶末端开始变色,初秋萧瑟。早上收拾帐篷时,四周笼罩在浓雾中,天气冷冽,戴上毛帽穿上保暖衣及外套抵御寒气,夏天真的结束了,时间不多,只剩下一个月,要加紧脚步往东岸骑,珍惜即将结束的一切。

安大略省南部这一区都是牧场,牧草地连绵不绝,经过剑桥(Cambridge)后不久,在路旁看到瓦伦斯水源保护区,骑了一天,全身燥热,跳到夕阳映照的湖里游泳。上岸后遇到在草地上野餐一家人,看他们打算晚一点也要游泳,主动告知湖水变冷了,小男孩摇摇头不在意,爸爸邀我一起吃比萨,认识了荷裔移民大家庭,杰拉德和海蒂有六

认识了荷裔移民大家庭,受邀到他们家作客。

荷兰老奶奶一家人。

个小孩,纷纷自报姓名,一时也记不清。奶奶欧孇有荷兰人典型长脸,当初在家乡经营牧场,夫妻一起到加拿大打拼,子女也都从事农牧业,慈祥奶奶听到我要在公园露营马上说:"勇敢女孩,我先生已去世,现在一个人住大房子,来我家住,可以好好休息。"

奶奶家充满乡村风格,客房床单是百纳被,窗外是牧场风光,仿佛住在荷兰民宿,清晨雾气把牧场渲染成泼墨山水,日出的朝霞异常绚丽。早餐有两个孙子来凑热闹,餐桌上有多种面包可以选择,还有自制的奶油和奶酪、蛋糕、果汁、牛奶、麦片一应俱全,比一般加拿大早餐丰富太多了,奶奶在用餐前先带大家祈祷,吃完,拿着《圣经》作教义问答,一一询问小孩问题,虔诚基督教家庭。临走,奶奶制作三明治让我带着,可惜剩下时间不多,否则可以好好体验一下牧场生活。

一头金色长发的孙女莫妮卡是初中生,围着我问东问西,她热切地说:"我从来没想过可以这样旅行,等我上大学,我也要找同伴一起上路。"拍拍她的肩膀,比了一个加油手势,告别这个和乐大家族。

徜徉安大略湖中

九月二十一日是夏天最后一天,天气开始转凉,枫叶纷纷变色,换上缤纷衣裳,陪伴我前进。再次看到安大略湖,在美国从南岸眺望,现在是欣赏北岸风光。忍不住跳入湖中，以仰式缓缓飘浮，加拿大雁鸭从天空飞过，仿佛成了朋友，一起在天际翱翔，成为大自然一分子，上岸后，加拿大人露出惊恐表情，似乎在说："不怕冷的外国人！"哈，已经吓到北国人民了。

　　平常规划单车行程刻意避开大城市，混乱交通及昂贵食宿对单车骑士很不方便，这次因为哲宇和艾米莉搬到多伦多，邀请我顺路到访，欣然答应，意外发现湖畔有一条规划良好单车道，像是沿着淡水河的八里单车道，使我一路顺畅骑到市中心，很快找到他们公寓，进门后十分钟，门铃又响了，艾米莉宣布："我的爸妈也来了。"当场气氛沸腾，这是我和这家人第三次碰面了。

　　第一次在温哥华岛，第二次我和日出到安大略省的史翠根镇（Sturgeon Falls）拜访。那时，艾米莉从温哥华岛搭父母车回家，刚到家第二天，当晚是丹尼斯爸爸生日，他们特地等我们到达一起庆生，我拿出高山乌龙茶送给寿星，他开心收下来自远方的礼物。在庇护工厂担任经理的丹尼斯，家里车库有一个专业木雕工作室，他带我们参观，还挑了一个枫树树瘤做的烟灰缸送我，自然形成的美丽纹路，粗犷天然。

　　三次碰面，情节都一样，一见面就坐下来享受美食和笑声，我到厨房准备台湾料理，加上丹尼斯带来的法式炖鸡和葡萄酒，一群人挤在一房一厅小公寓狂欢，像是一场欢乐庆典，听到我已经骑了四千多公里，举杯向我致敬。露易丝一再说："你很贴心。"害我都不好意思了，曾经

多伦多（Toronto）位于安大略湖西北岸，安大略省首府，人口超过两百五十万，是加拿大最大的城市。将近半数的外来移民，让多伦多成为种族多样化的城市，华侨及华裔人口多达四十万。

在渥太华台北"经文处",拿了一整套法文版台湾文化介绍、采风光碟和杂志,寄给对台湾充满好奇的露易丝。她听到我一路结交朋友的故事,又说:"你帮台湾做了很多事。"

本来念美术的哲宇转到多伦多大学念建筑,艾米莉也在这里找到工作,擅长木工的丹尼斯带了很多木工作品来,关爱小女儿之情溢于言表。晚上和丹尼斯在阳台聊天,街上不时响起警车和消防车刺耳警铃,忍不住说:"这个四百万人的大都市和你们住的小镇很不同,我来自地狭人稠的小岛,到处都像多伦多一样,即使在乡下也很都市化,这三个多月在荒野中独行,还没回家,我已经开始想念加拿大了。"他点点头,说:"我们小镇都是欧洲早期移民,多伦多是个新移民城市,不在加拿大出生的市民超过一半,单单华裔就有四十万,文化非常多元,和加拿大其他地区很不一样。"

隔天送走丹尼斯和露易丝,他们齐声说:"一定到台湾拜访你。"下

多伦多的传统起司店。

小心野鸭家族的路标。

一次见面，一定又是享受美食的欢乐时光，以这点来看，法国和中国文化真是水乳交融。

置身中国城

下午去逛中国城，看到烧腊店、摊贩、菜市场，闻到混合了生鲜、干货、蔬果的浓烈气味，行人用粤语及普通话大呼小叫，好像置身中国大陆某一个大城市。艾米莉工作地点就在中国城内，她开心说："我从小就喜欢这种浓烈喧闹的异国风，没想到会来这里工作。"晚上约她去吃越南菜，下午经过时这家店时看到里面人潮汹涌，点了椰汁咖喱鸡，鸡肉滑嫩，椰汁咖喱酱汁香浓，配上芋头，口味恰到好处，艾米莉大呼过瘾。

接着，我们搭电车到西区一家酒吧听音乐会，多伦多出生的年轻音乐家邀请了多位好友，演奏改编自非洲和埃及的另类民俗音乐，多样乐器组合，包括月琴、二胡、电吉他、大提琴和非洲鼓等，奏出奇异又和谐的乐曲，观众们跟着节奏摇摆身体，台上台下沉醉在欢乐气氛中。午夜，我们赶搭最后电车回家，和艾米莉像姐妹一样无所不谈。先后在加拿大三个不同地方相遇，好像是事先安排的，更有趣的是不论身高、体型和轮廓，我都和他们家人很像。

第三天，答应驻多伦多台北"经文"处的安排，到办事处接受采访。想象一下，在台北世贸大楼的街头，有一个人骑着满载行李的单车，后方有三四家电台的转播车跟拍，那是什么情景。当我在多伦多拥挤商业区这样做时，街上行人纷纷露出惊讶表情，我和四周高楼大

安大略湖（Lake Ontario）上的游轮。

厦格格不入，感觉很不自在。记者赶拍了几个骑车画面，匆匆问了几个问题："花多少钱？""沿途住哪里？""一个人不怕危险吗？""前不着村后不着店怎么办？""为什么要作这样的旅行？"就纷纷离开了。

新时代电视台的记者邵良斌深感兴趣，又带我到著名电视塔前专访，当他听到我前几天在荷兰老奶奶家住宿的经验，已经移民十三年的他说："你很幸运遇到那么好的人。""可是我一路上遇到很多这样的人，因为他们我才能坚持到现在。""你的全部花费？"当我老实回答以后，他转过去面对镜头大声呐喊："各位观众！全部单车旅行装备才一千五百加币，每个月花费八百加币，只要四千多加币（台币八万多元）就可以横越加拿大，各位观众！……"采访结束后，邵先生深受激励，分享他移民心路历程，一开始徘徊在台湾地区和加拿大之间，最后，放弃故乡的保险业高薪，到异乡打拼，找到充满挑战性采访工作，展开不同人生。最后，他说："谢谢你！这是我今年最愉快的采访。"他特别在名片上写上手机号码，强调若我需要帮忙可以联络。

走在秋天的多伦多街头，仰望高耸建筑，都市创造了大量商品和服务，鼓励人们花费一生去追求，在钢筋水泥中，逐渐失去在大自然的生存能力，激烈竞争下，每个人脸上都戴上一层面具保护自己，不像在荒野中，很容易可以用眼神和陌生人交流，希望回台湾后，能在快速都市生活节奏中，保持旅行的单纯……

寒风中的麻油鸡

> 倘若我们能驻足片刻,一窥古代生活的精华,倾听原野传出的天籁,闹市红尘刹那间就会变得宁静安详,混乱急促的都市生活步调,就会配合四季的变化和节奏,逐渐缓慢下来。人生又回归平静。
>
> ——奥尔森《大自然在歌唱》

在旅途中,总是尽量让自己像一阵风,随遇而安,无论是路况、住宿、食物,大多接受自然而然的机缘,偶尔,却会坚持一种自己也不明白的想望。

一大早离开多伦多后,沿着丹达斯街往东接二号公路,想要沿着安大略湖骑,却没有滨湖公路,骑了一整天都没有看到湖,今晚是中秋节,一心想在湖边露营,好好欣赏"水月"。昨天,在多伦多的中国城买莲蓉月饼招待艾米莉,她非常喜爱这种外酥内软的中国点心,吃了月饼,更加思念故乡亲友,不知道他们是否准备烤肉了?

傍晚七点多,决定由纽顿维尔镇(Newtonville)转往湖畔小路,希望有机会看到满月,路的尽头,有二女一男遛狗,问:"有路通往湖边沙滩吗?""这一区都是私人土地,要往前五公里才有。"继续往前骑。七点半遇到一对夫妇,再次问路,又骑了十分钟,终于看到有一片草地可以远眺湖面。此时,湖面在晚霞渲染下,呈现粉紫色波纹,空中飘着几片卡通里常见白云,草地黄绿交错,使人感到宁静,决定在公路

露营。

到路边住家按门铃,一位银发老太太开门,说明来意,她说:"一个女生不要在公路露营,到我家后院来吧,安全多了。"她带我到一棵大松树下,特别留了后院一盏灯照明。我在地上铺了帆布,拿出下午买的食物,作了烟熏牛肉三明治当晚餐,决定在松树下的木椅露宿,可以仰望明月。

八点半,月光从云层后稍微露脸,似乎怯场而害羞不已,九点多,月亮慢慢爬升,离开云层在夜空中发光,如光芒万丈的巨星风华绝代,几颗星子点缀在旁。躺在睡袋里,不忍入睡,风吹动树叶,发出沙沙声音,很像卡通《小天使》里,小莲的爷爷在阿尔卑斯山上的木屋外那棵大棕树,树的歌声催促我进入梦乡。半夜醒来,月光从树梢洒落,月亮躲在枝桠间,寒意让月光更温柔,独自一个人在异乡过中秋节,希望故乡的人,一切安好。

清晨整理行李时,克拉克奶奶邀我共进早餐,看到她的餐具都是可爱动物图案,送她小旗和小别针,提到我的好友心静也收集了世界各国的猫,获得一个小猫雕像作纪念。独居的克拉克奶奶说,她在多伦多出生,家族都从事建筑业,认识农家出生的先生,才接触农场生活,一晃眼也过了五十年,先生几年前去世,有三个女儿、两个孙子,她的动物餐具都是儿孙送的。临别,她慈爱地说:"希望你一路平安。"不知道在湖畔安享晚年的她,昨夜是否看到满月光辉?

甜美温柔的秋天

金色朝阳在湖面闪烁,空气中泥土混着牛粪气味,在屏东乡下的童年,就是这种熟悉气味。连续两天,麦草堆、乳牛、山丘起伏,就像意大利托斯卡尼区,缤纷大地辉映蓝天白云,公路上上下下锻炼脚力,夕阳晒得脸发烫。停在路旁草地休息，发现太阳方向和路的方向似乎不太对，问路后才知道错过了二十七号公路，幸好只须要回头一英里。

九月底，温暖夏季结束，早秋色彩染红天际，高耸枫树开心地告诉蓝天："看看我的新衣裳，缤纷多彩吧！我正准备参加秋天宴会，狂欢一场。"单车碾过满地落叶，沙沙声响像美丽乐章，我和红叶共舞在自然中。不久，沿途树林都将换上艳红衣裳为我祝贺，我爱甜美温柔的秋天。

傍晚六点抵达布莱敦（Brighton），先找到图书馆，因为是周四特别开放到七点半，可以上网收伊妹儿。等到七点半，忽然很想吃热腾腾的中国菜，打算好好吃一顿再找地方露营，询问图书馆女士，她说："对面就有一家新开的，不过我都到邮局前那一家华园餐馆（Mandarin Garden）。"遵照她的指示前往，推开门，没有半个客人，里面是颇有年代的红色装潢，娇小老板娘有大陆人口音，聊了两句，发现是台湾同乡，她进去厨房叫先生出来，这个小镇很少遇到台湾人，华扬庭先生豪爽地说："不用看菜单了，就煮些台湾料理吧！"我和华太太聊沿途见闻，华先生又冲出来对她说："你去超市买鸡，我煮麻油鸡帮她补一下。"转头对我说："我煮一些小点心，馄饨板条、卤蛋、鸭腿，再炸一盘豆腐，你先吃。"

旅行中的际遇，需要很多巧合，天时、地利、人和缺一不可，一个

暖暖秋阳,枫树就像穿上性感舞衣,随着奔放旋律,脚踏大地,尽情舞动,陶醉在枫叶和秋风的热恋中,生命的号角高高吹起。

看似微小的决定，就会造成不同结果。想念中国菜，竟然遇到小镇上唯一的台湾家庭，离家千里，能吃到道地家乡菜，心中的温暖，就像在中秋节仰望明月，是走到海角天涯也忘不了的思念。

华先生的父母在加拿大经营华园餐馆多年，两夫妻在十二年前移民，华先生原来在台湾作批发，华太太在银行工作，刚到时雄心壮志，作了一些投资，亏了不少钱，后来接手华园餐馆，生活才稳定下来，大儿子刚上大学，小儿子明年也要上大学了。"不能赚大钱，但是生活环境很好，又能栽培两个小孩。"华先生心满意足。

温暖的家乡菜

听到我打算露营，华先生热情说："我楼上有间公寓现在刚好没人住，天气冷，待在屋内比较温暖，你明天骑车到湖滨公园玩，晚上再回餐厅多吃些台湾料理再走。"吃了久违的麻油鸡，一起到华先生家泡茶，他们住家和餐厅隔一条街，是一百多年有回廊的老房子，边喝高山茶，边看台湾节目，有回家的亲切感。

隔天早上餐厅才刚开，就来了一批老客人，老老少少都是妇女，每天风雨无阻来吃早餐，十几年如一日，若不能来，还会打电话向华太太请假。"天天作同样早餐，有时候也觉得很烦，但是想到这些老客人都像朋友，

在公园野餐计划单骑路线。

还是乐意开门服务他们。"华先生说。"以前的朋友来找我们,很惊讶我们竟然在小镇开餐馆,但是小镇的人彼此认识,很有人情味。"华太太说。

我在阿拉斯加单车旅行时,曾经走进三家中国餐馆,刻苦耐劳的老板看到我都免费招待,当地人的温情帮助他们在异地生根,但在小镇很少遇到东方人,对同胞特别照顾。

傍晚,骑单车到湖滨公园,连绵白色沙滩,空无一人,看到湛蓝湖水,虽然有些寒意,还是忍不住跳下去裸泳,身体和湖水融合,仰望天空,有一只海鸥飞过,不知道它离开故乡往南过冬,可会想念家乡味?夏天此地一定是人群攒动的热闹沙滩,初秋此刻,却只有我一个人独享,欣赏夕阳映照湖面的光芒,湖水冰凉,这应该是最后一次下水,再会了,五大湖。

隔天早上出发时,华先生拿出一包冰冻的麻油鸡外加一包面线,叫我带在路上吃,推辞说:"不不不,那很重,而且我锅子很小。"他坚持说:"你现在觉得没什么,等离开这里就会觉得很珍贵了。"勉强收下,放在单车行李中,告别这知足的一家人。

由于华太太热心联络,顺道经过报社接受《独立报》(*The Independent*)记者约翰采访,他刚从育空省搬来这里不久,采访很快结束,当时感觉他不是很有深度的人,后来看他写的报道却详实精彩,可见自认很会看人的我,也会看走眼。

采访完毕,大约十一点,开始下大雨,依然上路,人生岂能天天万

大自然是最伟大的艺术家。

里无云，下雨别有一番滋味，想要接受不同挑战。老天可能爱开玩笑，这个挑战持续到下午四点，全身又冷又湿。

找到一个公园休息，肚子饥饿，拿出小瓦斯炉将冰冻麻油鸡加热，再放上面线，喝一口，便觉全身涌出一股暖气，像在风雨交加的玉山顶峰喝鸡汤，身历其境的人，才能了解此时此刻的感动。来自萍水相逢的关怀，温暖了冰冷身体，寒风中的麻油鸡，比金子还要珍贵，华先生，你说得对！

在布莱敦接受加拿大《独立报》记者采访。

圣劳伦斯河枫叶大道

　　我的思想跟着闪亮的叶子闪烁，我的心随着阳光的轻触，唱和着。我的生命乐于跟随万物飘浮在蓝天中、在黑夜里。

——泰戈尔《飞鸟集》

　　春末，在温哥华岛看海，盛夏，在五大湖区跳水，秋天，秋天闯进了加拿大灵魂——国旗上的枫叶，凝聚了北国人民。每次遇到加拿大自助旅行者，背包上一律绣着枫叶旗，骄傲宣称："我不是美国人，我来自枫叶王国。"就连手上的寂寞星球（Lonely Planet）加拿大旅游指南上的封面照片，都是成环状排列的三十八面加拿大国旗，国旗正中央的枫叶，迎风摇曳。

　　来到加拿大前，曾经在日本打工游学一年及秋天游历北欧、新澳经验，早已看过各式枫景，还是不敢小看加拿大红色威力。从尼亚加拉瀑布一直到魁北克，沿着圣劳伦斯河，号称"枫叶大道"，是全世界爱枫人朝圣之地。一般人参加旅行社的"加东赏枫十日游"，就算是舟车劳顿来去匆匆，莫不深陷枫叶千变万化的红，如痴如醉。如今，有一个多月时间，从安大略湖进入圣劳伦斯河流域，骑单车一路欣赏红叶，辉映沿途的河流、山丘、湖泊、瀑布、农家、城堡，就像参加了一场秋天疯狂派对，不必喝鸡尾酒，就已经深深沉醉，只怕描述不出那种感动，像

 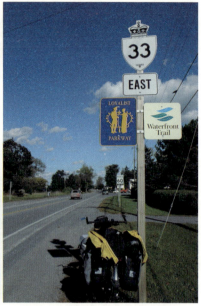

枫叶大道风景如画。　　　　　环湖公路单车道指示标志。

酒醉的人一样口齿不清，只能喃喃说："太美了！太美了！"

十月初，白天枫红似火，夜晚寒气逼人，借宿在路旁民家车库，铺了纸板、帆布及睡垫，套上两层睡袋，还是像躺在寒冰床上，整夜冷得睡不好，走出屋外，看到原来打算露营的草地上结了一层厚厚的霜，昨夜降到零下二度。幸好从渥太华来的退休夫妇好心提供车库，否则可能会冻成"冰棒"。

天寒地冻，特别渴求一点温暖，难忘生日当天在渥太华的圣母院望弥撒的感人气氛，星期日，找到附近天主教堂，可惜弥撒刚结束不久，在门口和每个人打招呼道别的神父，听了我的愿望，说："下一个小镇教堂的望弥撒从十点半开始，也许来得及。"一位穿红外套的女士罗丝热心地告诉我详细位置，和好奇围在单车附近的小孩挥挥手，就上路了。

骑了几公里,忽然有一辆红色轿车停下来,原来是刚才遇到的罗丝和她女儿,她怕我骑单车太慢,特地来带我去教堂,一台小小车子被单车和行李塞得满满的,我和她女儿勉强挤在前座,身为虔诚教徒的她说:"能参加弥撒是一件很棒的事,我知道错过的感觉。"

与神父心灵对话

在十点二十分抵达纳帕尼(Napanee)天主教堂,刚好赶上弥撒,罗丝很开心,拍拍我的肩膀就走了。十九世纪风格的灰色石灰岩尖塔正在整修,把单车停在门口,进去时仪式已经开始了,两百多个座位都客满,难怪街上空无一人。小男孩穿着白色长袍,手持十字架烛台,走到中间走道,神父穿着绿色镶金边长袍,圣坛上有各种法器,神父歌声浑厚低沉,虽然不是教徒,平静庄严的气氛让我不禁落泪,大概宗教都有抚慰人心效果,旅行接近终点,又想家又舍不得旅行,心情矛盾。

弥撒结束,在门口和信徒聊天的神父,注意到我单车旅行装备,好奇地走过来,聊了几句,分享望弥撒的感动,送他一面小旗和徽章作纪念。克利斯朵夫神父亲切邀我共进午餐,他开车带我到一家刚开幕不久的餐厅吃欧式自助餐,深咖啡色古典装潢,餐台上摆满了沙拉、起司、火腿、熏牛肉片、橄榄、鲑鱼和手工面包,还有厨师现场为客人做煎蛋、烤马铃薯、意大利面等,丰富食物,慰劳一下辛苦的胃。

席间,他已换下长袍,穿着红色保暖衣、米色长裤,身材高大,一

加拿大朋友温暖的心和甜美的笑容，一路陪伴我前进。

脸自信，像是商业杂志的成功企业家，一点也不像神职人员。他说本来在渥太华大学教书，父亲在他二十四岁那年去世，让他重新思考生命本质，出于对宗教的热情，出社会多年的他决定走上神职，回到神学院待了五年，毕业后他第一个任职的地方是以千岛游船著名的洛克港（Rockport），他特别推荐那间教堂视野绝佳，一年多前才来到这里任职，喜欢曲棍球的他，联合其他教堂的神父组织了曲棍球队（好酷！打曲棍球的神父），充满传道热情的他说："神职工作也要跟得上时代，否则太过八股，小孩子在下面打瞌睡，根本不想听。"经常在校园演讲的我，点头赞同。

与他分享这一路上的奇遇和陌生人的善意，忍不住说："I love Canada. Canadian are so beautiful." 他马上回答："Canada love you, too. Because you are beautiful." 接着说："因为你很特别又很善良，短短时间，可以感受到你的无私付出及真诚关怀，不是每一个人在加拿大旅行，都会有同样奇遇。"连带讨论起"利他"的宗教精神和"利己"的资本主义社会的冲突点，家庭对人生梦想的影响……

这一餐饭，最快乐的不是享受美食，而是"与神父对话"，透过心灵工作者的不凡视野，让我以另一种角度来检视这趟旅行，对我来说，旅行中的成长一向比创纪录重要，旅行和人生一样不只是数字累积。

温馨民宿快乐时光

沿着七号公路往南，又看到宽广安大略湖，可惜湖水冰冷，没办法一跃而下了。到了金斯顿（Kingston），安大略湖和圣劳伦斯河汇流的地方，买了一大堆食物，找到指南上介绍的青年旅馆，竟是一艘客轮改装成的旅馆，小小房间，上下铺的一个床位要价三十六加币，不想多花钱，继续往东骑。离开市区，找到一家有广大树林和草地的民

早秋的色彩染红了天际,单车碾过满地的落叶,沙沙的声响像美丽的乐章,我和红叶共舞在自然中。

宿,按铃无人回应,走到侧门,有一个戴毛帽的女士和狗从湖边散步回来,她说:"主人不在,我来帮忙看房子和小狗。"问:"可以在院子露营吗?""我帮你打电话问问看。"

主人建议我到另一家民宿,可惜收费昂贵,此时,外头一片漆黑,依莉莎看着我考虑半天,决定让我在院子露营,她贴心地问:"你需要用厨房吗?""你知道吗?我今天刚好买了一堆食物。"两人不禁大笑。

晚上七点,依莉莎约好共进晚餐的老朋友黛安来了,黛安金发碧眼,四十岁,有三个小孩,也很喜欢旅行,热情随和,而依莉莎有意大利血统,黑发棕眼,很有东方美。三个女人,煮了一桌中西合璧的大杂烩,我做牛肉炒洋葱、花菜、味增汤(由吃素的依莉莎提供豆腐),依莉莎做墨西哥薄饼夹豆酱、青红椒,戴安做香蕉红萝卜沙拉,怪异组合,不过,味道还不错。

做网页设计的依莉莎,在意大利罗马和佛罗伦萨住了十年,又在澳洲凯恩斯和悉尼住了十年,刚回到加拿大不久,在金斯顿买了两层楼房子,正在整修中。我们谈起对意大利人和澳洲人的看法,三个女人笑到要把屋顶掀掉了,我分享在加拿大旅行趣事,她们目瞪口呆,三个人把所有食物一扫而空。九点多戴安开车回家,屋外严寒,依莉莎思索了一下，关怀看着我："我想你就住在二楼客房，应该没有关系，不必大费周章搭帐篷露营了。"那一晚，睡在一个有白色碎花床单的温暖房间。

清晨七点，戴安又来了，她们两人在客房做瑜伽，我加入作了二十分钟柔软操，吃完早餐，送她们枸杞菊花茶和五谷粉包，喜爱异国食物的两人都很惊喜。饭后，和依莉莎到湖边散步，她谈起民宿主人父母来自荷兰，四十多年前以低价买下湖畔这一大片土地，当时朋友都笑他们傻，一般移民都在城市买房子，生活机能方便，不会到荒郊野外买土地，现在这里却是价值不菲的景观地段，真是有远见啊。

喜欢尝试新生活的依莉莎表示，她现在帮澳洲公司工作，可能会在加拿大住两年，未来，她想到中美洲住一阵子，她的生活方式，印证了"一技在身，走遍天下"的道理，只要有专业，就像游牧民族，可以任意选择喜欢地方生活，当一个没有国界的地球人。因为她的同理心，让我有了一个特别的民宿经验，后来，透过伊妹儿保持联络，一年后，她们两个还对那晚念念不忘，下一次，可能会在不同地方碰面，开心享受异国美食。

教堂奇缘

千岛群岛是圣劳伦斯河最美一段，河上遍布一千八百多个岛屿，分属加拿大和美国。中午在洛克港休息，看到大批游客搭船游圣劳伦斯河，可惜天气不佳，一下雨，气温马上大幅下降，特地去看建在岩壁上的教堂，克利斯朵夫神父推荐观景点，俯视千岛群岛，很多不及两百坪的小岛上有一户别墅，停泊游艇，想起挪威峡湾，从丹麦哥本哈根搭邮轮到挪威奥斯陆，进港时也看到很多类似小岛。

这段景观公路称为千岛公园大道（Thousand Islands Parkway），沿途有观景点、野餐区和自行车道，我以时速二十公里速度前进，和渡船

纳帕尼（Napanee）天主教堂。

速度相近，整个人融在风景中，人生一大享受。三点左右，太阳露脸了，枫叶飘落在河上及路上，随风漫天飞舞，金黄色芦苇在风中摇曳。

经过布洛客维尔城（Brockville）的国王街，街上有许多石灰岩欧洲风格豪宅，展现十九世纪殖民时代的繁荣。

夕阳，照在美国那一面河岸上，橘红色树林，紫红色晚霞，就像到了天堂。傍晚，气温持续下降，晚上可能会降到零下，找到梅特兰镇（Maitland）教堂，询问来开门的牧师说："可以在教堂外面露营吗？"

"露营？直接来我家住吧。"脸圆圆的像圣诞老公公的汤姆，打开温暖大门，带我到二楼常接待访客的客房，小圆桌上有很多实用旅游资讯，牧师娘琼安端来蔬菜牛肉丸汤、奶酪和面包招待我这个过路客，我提供枸杞菊花茶当作餐后饮料，他们熟练的态度，像是民宿主人，正接待早已预约的游客。

听了沿途故事，琼安教我一个英文单词"Serendipity"，翻成中文是"奇缘"，代表冥冥之中注定的缘分，笃信神佛的妈妈曾说："那些不认识的外国人对你那么好，一定是前世欠你的。"如果是这样，那我骑着单车，不就是在全世界寻找前世亲友？可能有很多前世家人这辈子投胎在加拿大，我才会一再回来。

晚上入睡前，感觉这一场派对还没有结束，要好好补充体力，住在亚热带小岛，四季不明显，人生难得一次，可以好好体验秋之女王的魅力，岂能错过？

法兰西斯的等待

我感觉得到
你的存在,在我心里
虽然你属于 全世界
我等着 以沉默的热烈
等你的一个手势 或眼神一瞥
——鲁米(波斯诗人)

空无一人的单车道,秋阳暖暖的,一路黄树林夹道,红到发疯的枫树,就像跳弗拉门戈舞的卡门,穿上性感舞衣,随着奔放旋律,脚踏大地,尽情舞动,散发内心深处最狂野的激情。此时此刻,再冷酷无情的人都会融化,陶醉在枫叶和秋风的热恋中,生命的号角高高吹起。

上一次和日出从北边骑进蒙特利尔,陷在可怕车阵中,害日出心情恶劣,这次一个人从南方进城,遇到一个曾单骑横越北美十五个月的女警,她好心指点我先骑运河单车道,过了桥,再沿着河湾单车道,一个红绿灯都不会遇到,就可以直通蒙特利尔旧港区,真是五星级单骑享受。

傍晚六点半接近终点时,后轮爆胎了,可能是行李过重,看破裂程度无法补胎,花了半小时换内胎。天色渐暗,骑到单车道尽头左转,在市中心霓虹灯中穿梭,八点左右,终于抵达多美尼卡公寓,按铃无人在家,和上次一样,在门上方拿钥匙,开门进去,盛夏离开,往南绕了五

红色枫情 235

河湾单车道直通蒙特利尔旧港区，五星级单骑享受。

大湖一圈，又回到这里，已经是深秋了。

晚上，多美尼卡接到男朋友路易的电话，她捂着听筒痛哭失声，说了一句："我要和路易谈判。"匆匆忙忙出去了，深夜，她回家，说："我和路易分手了。"两个人交往六个月，如胶似漆，痛饮爱情的甜蜜，却无法弥补性格差异造成的裂缝，多美尼卡浪漫热情，喜欢朋友相聚热闹场合，希望男友能够陪伴她，路易喜欢独处，不擅交际，只想享受两人世界，多美尼卡提出一个月陪她和朋友碰面一次的条件，他也不能接受，两人多次为同样事争吵，不得不黯然分开。

想起在黛安家时，陷入热恋的多美尼卡为了路易，和保罗大吵一架，演变成家庭革命，那不过是两个月前的事，忽然发现保守的保罗和活泼的黛安也是为了相同原因，争吵多年，母女爱情模式几乎一模一样，爱上一个极端内向的人，又想要用爱改变对方。尽力安抚她，催她先上床睡觉。我却睡不着，走到顶楼，不远处的皇家山，远方高塔灯光，星空满天，景物依旧，人事全非，上次在顶楼喝红酒狂欢的四个人，各奔东西，热恋情侣分手，日出回到故乡，忙着婚礼，我即将到达旅行终点，想起发生的一切，恍如一场梦。

感受崭新的自由

隔天，为了安慰心情低落的多美尼卡，煮了丰厚午餐，再怎么伤心，还是要好好吃饭，煎鲑鱼、芦笋、炒蘑菇、炒饭，两人在阳台共享美食，她精神稍微恢复，希望我多留一晚，好好逛逛蒙特利尔，一个融合英法文化的国际之都。骑单车闲逛，骑经圣丹尼斯街（St.Denis St.），街道两旁都是两层楼古典建筑，有咖啡店、餐厅、精品店、个性商店等，很像澳洲墨尔本，既有旧大陆的悠闲文化，又有新大陆的清新气息，发现了一间特别咖啡店，兼卖咖啡豆和茶叶，还有一台烘咖啡豆老

机器，嗅着咖啡香，一个城市，如果没有咖啡店，就不会是旅人停留的地方。

清晨，晚归的多美尼卡还在睡梦中，不忍吵醒她，悄悄离开，希望她早日走出情变伤痛。在街上看到绿色圆顶天主教堂，石砌老建筑，还有很多喝咖啡看报的人，感觉像在巴黎。四年前在巴黎跨年时，也是这样的温度，冷得让人头脑清醒，骑车要戴上毛帽及手套了，脸冻得红通通的。

离开市区后，路旁是枯黄玉米田和农家，五彩缤纷枫林，最鲜艳的油画原料也无法描绘。骑了三个多月，超过五千公里，身心进入最佳状况，保持时速二十五公里的速度前进，满载行李的单车如一叶舟，轻轻划过平静湖面，不再感觉踩踏的动作，身轻如燕，和大自然融为一体，风吹送着我，随着黎明往东，直到天黑。骑单车旅行的方式，可以遇到更多人，更看清自己，上天带领我的方向，促使我停下脚步，我学会让一切事情自然地发生，感受一种崭新自由……

蒙特利尔是充满艺术气息的浪漫城市

傍晚，云层渐低，吹起强风，到超市买烤鸡腿和鹅肝酱，下台阶时爆胎了，看天空开始飘雨，把单车推到加油站旁补胎，好不容易打开外胎，不小心折断了补胎器，在雨中补胎，这星期是第二次了，可能是后面行李过重造成的，修好后满手油污，在加油站洗手。走到门外，雨停了，上路后不久，在桥的另一端，看到一间雄伟的双塔教堂，好像巴黎圣母院，夕阳照在教堂上，上天又在对我微笑了，不论发生什么事，都要自己去面对。

一连几天，白天沿着圣劳伦斯河骑，晚上野营，一片又一片的枫叶林，就像是派对最高潮，所有的人都卷入了疯狂舞曲，无法停下脚步，每一个女人都是卡门，抢着施展原始魅力，蛊惑秋风飞舞，在天空完成最后一曲，美得令人落泪。

有一天黄昏，看到收割后的玉米田上，成群的候鸟黑压压一片，遮蔽天空，想起凡·高生前最后一幅画《群鸦乱飞的麦田》，金黄色麦田充满生命力，黯蓝天空和乱飞乌鸦却又布满死亡阴影，那是最悲恸的灵魂才看得见的色彩、线条和光影，美好事物都会消逝，人生飨宴，总有尽头，当我走到终点，回顾一生，萦绕心头的又是什么呢？

冬夜露宿街头

因为没有详细地图，进入魁北克城比想象中困难多了，最后索性放弃问路和简图，靠着方向感前进，阴错阳差地进入魁北克，发现左边一栋古典建筑，出现小小加拿大国铁霓虹灯，不禁欢呼："是火车站，太好了，得救了。"晚上七点，从寒冷夜晚躲进温暖火车站，先到二楼洗手间盥洗，车站内采取圆拱造型，从屋顶垂下的古铜大灯，散发柔和灯光，比冰冷钢筋水泥温馨多了。

今天是感恩节，我却独自一个人，累到无法移动，没有力气再去找

魁北克城（Quebec City）人口约七十万，保存完整的十八世纪法国古城，鹅卵石街道、古堡、教堂、广场、芳堤娜城堡饭店（Chateau Frontenac），都市建筑融合古典及现代美感，仿如圣劳伦斯河畔的宝石，是加拿大最美的城市。

魁北克城很有法国风情。

青年旅馆,只想要好好睡一下。怕火车站不能过夜,就近到外面港口找一个长椅,铺上睡垫,穿上所有保暖衣物,钻进睡袋,已经支持不住了,睡眼矇眬,空气冷得快要结冻,看到奇幻灯光照射的魁北克古城倒映在圣劳伦斯河上,和游艇灯光互相辉映,光影摇曳,如梦似幻夜景,唯我一人独享。三点半再次醒来,凝视仿佛冻在冰块里的夜景,不忍阖眼。

清晨,在火车站内的咖啡店吃早餐,昨夜恐怕接近零度,深深感受到"卖火柴的小女孩"穿着单薄,在冬天街角冻死的可怕处境。沿着圣保罗街到旧城,一整座十八世纪的法国古城,鹅卵石街道、古堡、教堂、商店、广场,悬崖上的城堡饭店,当然,还有不可或缺的游客,窄巷中的精品、纪念品店,古建筑橱窗设计融合古典及现代的美感,就像斯德哥尔摩老城,那是波罗的海闪闪发光的明珠,私心以为最美的欧洲城市,而魁北克城是圣劳伦斯河暖暖含光的宝石,封为加拿大最美的城市,当之无愧。

中午离开游客区,回到火车站前,早上看到一间人潮汹涌餐馆,走遍世界的经验告诉我,很多当地人消费的餐馆一定好吃又便宜,屡试不爽。我点了豆汤、酥皮肉派、豆酱、生菜沙拉、薯泥,外加红酒,一共才十七加币,中年女侍穿着红衣窄裙,全场穿梭,充满活力又亲切,特别多给了一点小费。

下午搭渡轮到对岸的李维斯（Levis），码头旁就有单车道，天空飘着冷雨，顶着逆风前进，奋力踩踏时速只能到十公里，昨晚没睡好，勉强骑一个小时后头痛欲裂，感觉上天又在嘲笑我了。问了几间民宿及汽车旅馆，都超出预算，有两个夏天营业的露营区都已关闭，虚弱到快要倒地，告诉自己我会学到新的一课，向自己微笑，再度上路。

幸运之神再度降临

十分钟后发现一间熟食店，进去买了一只鸡腿，坐在店门口外面趁热吃，补充体力，有一个中年男子经过，他向我微笑并聊了几句，等他买完东西出来，他问我晚上住处，诚实回答以后，他看了一下手表说："我的房子有客房，但是，我和朋友约好聚餐的时间快到了，没关系，我先带你到我家。"山穷水尽，又出现一条路，法兰西斯住在东方八公里的圣麦克小镇，他开车在前引导，为了不耽误他的时间，我在强风中用力踩踏，却只有十二公里时速，半个小时后，等我终于到达，已累到接近崩溃边缘，才想到既然赶时间，为什么不把沉重行李放在他车上，太累了，头脑迟钝。

随法兰西斯弯进小径，原来他家是临圣劳伦斯河的两层楼木造别墅，湖面如大海波涛汹涌，在门口遇到正要出门工作的姐姐黛安，她安排我住二楼蓝色房间，走进房间，所有痛苦消失得无影无踪，窗外景致即使是夜晚，都可感觉到宽广河水缓缓东流，为两岸带来丰饶土地，滋润人的心灵，引领我找寻心的方向……

六点钟，法兰西斯相约用餐的朋友来了，玛西听了我和法兰西斯相遇经过，哈哈大笑说："他就是那种好心人。"接着不断借题发挥，开他玩笑，法兰西斯腼腆笑着，直觉两人是相识很久老朋友，才有这种肆无

忌惮的亲密感。短发开朗的玛西浓眉大眼,像是充满阳光的南欧女人,可以想见年轻艳光四射的风采,戴着眼镜的法兰西斯沉静温柔,在人群中比较不显眼,却有一种和年纪不相符的羞怯,真是一对特别朋友。

夜晚,听着窗外水声,在温暖蓝室,沉沉睡去,一夜睡得香甜。清晨,看到退潮河岸停满了候鸟,缤纷枫林上方是绵延的青色山脉,一般游客只能停留几天的度假胜地,不知道住在这里的人,每天看到这样美景,是习以为常,还是日日惊呼呢?

吃完丰盛早餐,法兰西斯提议:"今天天气不好,而且你要赶到东岸搭飞机的时间,有点来不及,我有单车架,要不要我载你一程。"本来以为只是一个短短旅程,却听到一个长达四十年的爱情故事。在车上提到耀眼的玛西,法兰西斯幽幽地说:"我从九岁就爱上她了,却一直不敢表白。出生音乐世家的她,曾经到德国留学一年,后来成为魁北克最优秀的双簧管演奏家,同时也是声乐家,生活多彩多姿,后来嫁给交响乐团指挥。可惜婚姻并不幸福,四年前离婚,手边没有多少积蓄,却在一年前发现自己得了乳癌,接受手术后,右手因为治疗副作用肿大,已经没办法演奏了。她现在和黎巴嫩裔的医生男友住在蒙特利尔,但她一向是家庭中心,即使生病,还是尽心照顾父母……"

难怪前一天晚上,他看玛西的眼神很特别,而玛西也俏皮向他撒娇,只要她一通电话,他就会特地开车到蒙特利尔,只为了陪她喝杯咖啡。可惜看得出当英文老师的他,不是玛西喜欢类型,如果当初玛西选择他,会有幸福但不一定精彩的人生,深情的他希望玛西能留在他身边,却又希望她快乐。

以前看马奎斯的小说《爱在瘟疫蔓延时》,总觉得书中的男主角花了五十多年的时间苦苦等候女主角,最后终于得偿心愿的爱情故事太像一则神话,看着抿嘴微笑的法兰西斯,忽然觉得他是一个非常幸福的人,一生怀抱爱情,守候唯一的女主角,就像绚烂的枫,在狂风中飞舞,庄严落地时,至少无怨无悔。

忍不住鼓励他,就像鼓励一个害羞男孩,要主动一点,希望听到他的爱情有一个神话般结局,无论在什么时代,我们都需要神话,就像秋天的枫,让人感受到生命美感与热情,一生一次。

法兰西斯位于圣劳伦斯河畔的家。

一整天愉快地踩踏着,身体和心灵都处在最佳状况,
深深融入此刻的阳光、微风、原野,自由地想要迎风而起,
大自然没有疆界,属于每一个人。

在终点欢呼的凯西

> 对于一个活在爱的奥秘里的人,他所触及的不是真理的反射,而是真理本身;再也没有什么事比得上爱,更能帮助人类领略这项天生就拥有的祝福。
>
> ——柏拉图《飨宴》

在洛普河青年旅馆的餐桌上研究路线,只剩下一个星期,必须赶到东岸哈利法克斯(Halifax)搭机,看着地图推算距离,到机场前又要事先把单车装箱和打包行李,时间非常紧迫,天气愈来愈冷,必须加紧脚步,不能有任何拖延,如果来不及就麻烦了。听从旅客中心工作人员的建议,走旧铁道改建的单车道,这条单车道从魁北克省洛普河镇(Riviere-du-Loup)开始,一直延伸到新伯伦瑞克省的爱德蒙敦(Edmundston),前半段蜿蜒在森林中,后半段沿着马达瓦斯卡河(Madawaska River),全长一百三十五公里。

气温、森林、味道、一望无际的公路,好像回到阿拉斯加。从卡巴诺(Cabano)开始,湖畔单车道两旁都是枫树林,落叶缤纷,路面仿佛铺了一层柔软天然地毯,单车轮胎碾过发出沙沙声音,听着风在树林里唱歌,虽然只有一个人,在如天堂般风景中,一点也不孤单,反而有一种平静喜悦。单车道有时穿凿岩壁,有时是湖上木桥,最后一段河畔单车道,走进幽静度假别墅区。

秋天的原野,快乐的旅人。

六点半以后气温陡降,晚上肯定会降到零度以下,开始起雾了,左侧有露营区,特地到对面询问,可惜已经停业了。又骑了一段,看到最后一间房子似乎有人居住,按门铃后,有一位淡金短发中年妇人开门,表达来意后,他们夫妇同意让我在外面露营,不过,考虑了一会儿,两人一致觉得天气太冷,邀请我住在地下室客房。虽然是第一次见面,人和人之间的距离,却因为一点善意,紧紧联结在一起。

法语区的加拿大人有很多不会说英文,我称赞女主人珍妮英文讲得好,问她从事什么工作,她有点惋惜地说十年前发生过车祸,因为头痛后遗症,所以就不再出外工作。她带我到地下室客房,接着邀请我到厨房,为我加热晚餐剩下的意大利面饼和马铃薯,聊到家人,她兴致勃勃指着家族照片介绍三个子女,大女儿已育有两个男孩,所以看起来年轻的她已经当外婆了,老三有一位女友刚搬来同住,二女儿喜欢独处,所以搬出去一个人住……我像是远来亲戚一样,听她娓娓诉说家庭琐事,如同走进简·奥斯汀的小说,回到十九世纪英国乡间,体会人情世故的微妙关系。

隔天早上八点,浓雾迷漫,户外气温只有零度,昨晚一定降到零下四五度,幸好有一个地方可以过夜,早餐珍妮特别为我做起司贝果,营养美味。上路时,雾气未散,视线不佳,冻到必须戴上毛帽、围巾、手套,她特地跑回屋内拿了相机照相,直说要拿给她的孙子看,她的家庭故事要加上一个来按门铃的台湾单车骑士了。

陶醉在大自然中

直到十一点太阳才探出头来，天气逐渐暖和，这一区小镇还是属于法语区，镇名几乎都是以"圣"开头，每个小镇中心都有一座雄伟天主教堂，凝聚农村精神。沿着圣约翰河公路，左侧是山丘，右侧是溪流，山丘上的树林、草原上的牛群、牧场农舍，就像是一幅精心彩绘的暖色调油画，森林混合泥土气味，闻起来非常舒服，对赶路的人来说，就像吗啡一样提神。

傍晚，眼看来不及到下一个镇了，问一个遛狗的女孩，她说她家在山丘上教堂边，后院可以露营，但是她要先回家问过父母，于是我骑到镇上等她。在路边研究地图时，忽然有一台休旅车停下来，询问我是否在找露营区，他住在下一个小镇，有一个朋友经营露营区，天快要黑了，他可以载我一程，真是不可思议，那是我原来想要落脚的地方，告别那个女孩匆匆上路。

到了河谷旁露营区，经由他的介绍，女主人只收露营费用，却让我住在露营房车里。洗了一个舒服热水澡，仰望满天星星，一个人的旅行快要结束了，我会怀念这段平静的日子，我是一个简单的人，很容易就会快乐，日复一日，深深陶醉在大自然神奇中，每天生活简单，有很多时间可以思考。

隔天继续沿着河畔单车道骑，中午雾渐渐散开，河对岸就是美国缅因州，蓊郁多彩的树林连绵不绝，到小镇图书馆上网时，接到缇娃娜的妈妈凯西来信。四个月前，在瓜达拉岛的青年旅馆认识缇娃娜，在厨房分享旅行经验，隔天她背着行囊回东岸的家，留下地址和一个邀请，虽然她现在在艾伯塔省的咖啡店工作，刚好不在家，她的妈妈却在信中热情邀约，考虑到行程紧迫，也许可以顺路拜访一晚。

  在加油站买了杯面和香蕉蛋糕当晚餐，天冷喝热汤真好，傍晚骑到北安普敦（North Ampton）镇，像深夜一样荒凉。重施故伎找了一间大房子农舍按门铃，有一只可爱的拉布拉多犬抢先跑出来，激动摇尾巴撒娇，出来应门的约翰，回头征询太太罗莎莉的意见后，邀我进门，内向木讷的夫妻两人正在吃晚餐，为我准备了咖啡和手工饼干。一百多年历史的老房子是约翰祖父盖的，由于子女众多，所以有很多房间，罗莎莉安排我住在二楼客房，从窗口可以俯视圣约翰河。

  晚餐结束，我在餐桌上写日记，罗莎莉玩报纸上的填字游戏，约翰轻松和我聊天，他说："每年四月，我们会收集枫浆作枫糖浆，在后院用柴火煮，这种传统做法，有烟熏味道，颜色比较黑，不像魁北克枫糖浆那么纯净。"平常忙着牧场及建筑工作的他，很少出远门，笑说："我是加拿大人，连温哥华都没去过。"一辈子待在东岸的他，听了我多彩多姿旅行后，想要到加拿大西岸看看。晚上，像电影《廊桥遗梦》，躺在白瓷欧式蛋型浴缸里泡澡，下方有四个典雅支柱，洗脸台上有果胶面膜，四个月风尘仆仆旅行，餐风露宿，难得可以敷脸保养一下，真是超级享受。

  隔天早上七点，天色全黑，一直到八点天才蒙蒙亮，开始飘雨，吃完早餐准备上路，风雨飘摇，看到牛只在风雨中低头吃草，令人佩服。看样子今天没办法赶到凯西家了，先打电话通知他们，缇娃娜的爸爸韦恩刚好休假，他决定开两个半小时的车来接我，回到新伯伦瑞克省最大城圣约翰城西北方的汉普敦（Hampton）。约翰和罗莎莉看着屋外风雨，直说："这种天气实在不适合骑车，还好你朋友的父亲可以来接你。"当他们知道我和缇娃娜只有一面之缘，而她的家人则素未谋面，她父亲却愿意开这么远车程来接我，直说我非常幸运。

向自己微笑，再度上路。

利用等候时间，我用冰箱食物煮了中国菜招待约翰一家人，他们看到我用碗倒扣作造型的炒饭，惊奇不已，又送他们一些纪念品，害羞的约翰特地穿上雨鞋带我去看他的牛群，与我分享牧场生活。从小就擅于观察人的喜好，很喜欢看到对方收到礼物惊喜的表情，再加上平常生活简朴，最不喜欢增加身外之物，每次收到礼物，总是一转眼就送给适合的人，旅途中，行李尽量精简，还是有很多礼物可以送人，心静常笑说我是"礼物交换中心"。

向自己微笑，再度上路

韦恩开着红色卡车到达，留着小胡子的他看来一板一眼，他是加拿大皇家警察，连走路都像在踢正步，就像荷兰画家林布兰特《夜巡》画作中的自卫队，充满自信。两个多小时路程，我和他分享许多旅途上见闻，他问了许多台湾生活，像老朋友聊天，一点也不陌生。

走进缇娃娜家，第一眼见到凯西，她马上拥抱我，热络说："我认识你好久了。"正疑惑时，她接着又说："你一路上的心情故事，缇娃娜都转寄给我，我好像跟着你横越加拿大，我最喜欢的是你的乐观态度，你在最疲累时，还会说'向自己微笑，再度上路'（Smile to myself and keep going on），我好喜欢这一句话，希望我的小孩能向你学习这种独立自主精神……"她滔滔不绝诉说，本来以为是一个人在冷风中冲向寂静的终点，不料有一个人早已等候多时，像拉拉队一样热情摇旗呐喊，

一时之间有点反应不过来。

隔天早上，正在计划接下来路程，凯西说："我很希望有多一点时间认识你，我的家人也可以和你多交流，我有一个提议，如果你在我家多待几天，然后，我开车送你到我妈妈家住一晚，隔天一大早再送你到哈利法克斯机场，这样会不会妨碍你单车横越加拿大的计划？"

看到她小心翼翼表情，不禁笑了出来，回答："我已实现单车环球梦想，多一项纪录对我来说并不重要。我是一个简单的人，回到复杂社会奔波，觉得好累，再次上路，我只想要找到一种重新活下去的勇气，重新体会温暖和爱，这一路上遇到那么多人无私帮助，我慢慢找回失去的纯真，当我遇到一个人，可以不问过去，不想未来，真诚地共享此刻，那是一种非常自由的感觉，这四个多月我已经得到太多太多，想要回家了，在哪里结束我的单车旅程并不重要。"

凯西的拿手好菜。

她听了笑得嘴巴合不拢，笑纹像一圈圈涟漪荡漾不已，接下来几天，我俩成了忘年之交，像姐妹淘无所不谈，我们常常边做菜边聊天。

当韦恩和凯西忙着冬天准备工作时，我忙着整理行李，把脏兮兮装备一一拿出来洗、晾干、打包，总是喜欢背包干干净净的，等到下一次想要出门时，就可以即时上路。当凯西看到我夹在晒衣绳上三只小泰迪熊时，笑弯了腰，我跟她解释："泰迪是我从阿拉斯加开始的旅伴，夏

聆聽海洋的呼喚,
發現自己內心深處
的美麗新世界~

Dream is Power! Love makes dream more beautiful~

和凱西一起展開奇妙旅程。

日（粉红泰迪熊）是我今年生日在渥太华，一个非洲小女孩送我的礼物，西瓜（穿黄背心白色泰迪熊）是我在魁北克路旁买西瓜农家老太太送的，他们一路陪伴

着我旅行，是我的守护天使。"凯西笑着说："我们应该像你一样，永远保持一颗赤子之心，天天开心过生活。"

不论是一起去酒吧、上教堂、看新买农地、享受烛光晚餐，当我谈到旅行中的经历时，凯西总是笑成一团，趁机教育小儿子，希望他能拥有同样勇气和毅力。至于一生奉献给家庭的凯西，却隐隐透露出她太年轻就结婚的遗憾，本来是父母疼爱的千金小姐，结婚后马上要面对柴米油盐酱醋茶的考验，总是担心先生收入不够生活开支，想尽办法维持家计，而阳刚的先生对子女采取命令式军事化作风，让她在安抚先生和疼爱小孩之间左右为难，她是家中支柱，对小孩有无限的爱和包容，在忙碌的生活中很少想到自己，少女时代梦想早已消失。

重温年轻梦想

有一晚，她一个人在弹钢琴，当她发现我拿摄影机为她录影时，羞涩摇摇手说："我弹得不好，十多年没弹了。"她答应为朋友婚礼伴奏，白天却没有时间，只好趁着深夜练习一下，她是一个充满灵性的人，却在婚姻中压抑天生艺术细胞，渐渐变成一个缺乏自信的人。我不断鼓励她，应该多爱自己一些，她的两个孩子都长大了，她可以把更多时间留

给自己，实现人生梦想永不嫌晚。

清晨的雾矇眬梦幻，草地和屋顶都结霜了，秋天将近尾声，再一个月就会下雪了。凯西要开车载我走海岸公路到蒙克顿（Moncton）——她爸妈的家，心情轻松愉快，就像远足。那一天的海岸之旅就像公路电影《末路狂花》喜剧版，很少出游的她快乐得像一只飞出牢笼的鸟，她在车上播放新斯科细亚（Nova Scatia）四兄妹合唱团的民俗音乐，带我到圣马丁（St. Martin）港吃世界第一美味的海鲜浓汤，一路指点她生长地方，回忆年轻时代点点滴滴。当我们到一个以盆景岩石闻名海岸时，她还爬到岩石上像溜滑梯一样溜下来，比我还要兴奋。我开心看着大西洋，听着海浪声，再度与海洋重逢，中间累积了满满回忆，旅行就像是自己的艺术创作，可以自由挥洒，而朋友们的参与，让它更丰富更多彩多姿！

最后一天清晨六点，开车送我到机场的是五十岁的凯西和七十五岁的诺玛奶奶。前一晚两人看我一个人在楼梯间打包单车，拆卸零件装箱，佩服万分，能干的诺玛奶奶特别做了清炖鲑鱼和蓝莓蛋糕慰劳我，充满爱的人间美味。她年轻时和先生开房车横越北美，用诗写游记，回来后印成一本旅行诗集送给亲友，一个非常特别的女性，疼爱子女。凯西一回到娘家，就像一个撒娇女儿，依偎在妈妈身边，一点也不像两个小孩的妈。

在将近零度的低温中，开了三个多小时才到机场，和她们道别时感觉心酸酸的，但又觉得很快会再见面。途中发生了一件奇妙的事，清晨的海洋很平静,可能因为下过雨,云层很低,到了八点多,太阳才从云层后探出头来,天边忽然出现了一道彩虹,好像是上天送给我们的礼物,纪念最后这段旅程!

离开后不久,收到凯西的伊妹儿,她说:"由于你的温柔、活力和爱心,我深受激励,我要尽我所能地对自己好,对周围的人好,我已经决定要创作儿童故事,那是我长久以来的心愿……"

凯西带我参观新斯科细亚省海边有名的霍伯威尔岩石公园(Hopewell Rocks)。

凯西和韦恩一家人。

凯西和奶奶为我送行。

爱在加拿大

尽管这些旅程和真正的探险队经历相比，只是小巫见大巫，对我个人而言却是真正的历险；和自己的恐惧和局限搏斗，最终学到了我能学习的一切……旅行帮我找回直接的经验，让我更认识自己。

——麦克·克莱顿

从加拿大东岸飞回西岸温哥华，只要八个小时，但去程我却花了一百零一天，从太平洋到大西洋，搭了将近三千公里的火车，单车骑了五千五百公里，绕了北美地图上最大的蓝五大湖区一圈，看到壮丽的尼亚加拉瀑布。如果要以一个字来代表这次旅行，那就是"水"，海水、河水、溪水、湖水，几乎每天都泡在水中，一点一滴卸下心中的恐惧和局限，变得像水一样简单，像水草一样放松。

回到温哥华停留三天，就要飞回台湾，万般不舍，开始想念旅途中邂逅的朋友，不知道什么时候再见，下次见面又会在哪一个角落。无论如何，希望每一个朋友健康平安，说不尽的挂念……爱让陌生人抛开了一切，贴近彼此的心，分享生命的欢乐庆典，抚平内心深处的遗憾，虽然只是短短交会，却像碰见前世亲人一样，有说不出的熟悉感，自问何德何能，有那么多人热心相助，顺利完成旅程，深深体会到"梦想是力量，爱让梦想更加美丽"。

刚开始旅行设定的目标，如今想来只觉得可笑，写一本单车旅行工具书、拍摄单车旅行影片、加拿大旅游指南……这些"工作"就像沉重的行李一件件丢下，如果我不能享受此时吹来的凉风，回应一个微笑，那么，我的人生还有什么是重要的呢？

走出温哥华机场，四个月前在加利安诺岛（Galiano Island）露营区认识的芭比来接机。还记得那时她和吉姆开房车到海岛度假，第一眼看到吉姆印象深刻，他穿短裤打赤膊拿着大铲子在沙滩上挖蚌壳，大狗拉斯可和芭比在一旁晒日光浴，连蓝色鹦鹉斑斑都跟着一起旅行，因为好奇帮忙挖掘，意外获得一小堆新鲜蚌壳，吉姆问我会如何料理，我说会煮鲜蚌拉面。聊到中国菜，长得像罗伯特·雷德福的吉姆忽然说："我上过中菜烹饪课，正式学了三十道中国菜，煎煮炒炸都会。"当他们听了我横越加拿大的旅行计划后，两人一致说他们家在温哥华机场附近，邀约我回程来访，好好切磋一下厨艺。

中国菜的约会

途中却一直联络不上，寄出伊妹儿都没有回音，一直到登机前几天，才收到芭比来信，她觉得很奇怪，推算我要回温哥华的时间快到了，怎么都没有我的消息，检查垃圾邮件时，才发现她误把我加入垃圾信名单里了，赶快约好接机时间，千钧一发，在最后关头联络上。

虽然四个月没见，我还是一眼就在人群中认出了芭比，她见到我欣喜

和吉姆一起逛史蒂文森港。

若狂,直说:"还好,我及时发现你寄来的伊妹儿。"可惜在机场工作的朋友刚好没上班,不能把单车寄在机场,芭比和我想尽办法把装单车的大纸箱和一堆行李挤进房车内,终于顺利回家。

第二次见面,吉姆像欢迎一个远行归来的女儿,隔天特别带我到位于列治文(Richmond,温哥华市郊华人最多的社区)西南的史帝文森港(Steveston)买海鲜。一

史蒂文森港的传统鱼市场。

温哥华的史蒂文森港。

艘艘停靠在码头的渔船，贩卖新鲜又便宜的海鲜，吉姆买了一公斤虾子、一整袋鱼排，准备大展身手，他看我选购鲑鱼头，露出怀疑表情说："你确定要吃这种东西吗？"我再三保证鲑鱼头汤是人间美味，他竟然去责怪老板："怎么可以把这种东西拿出来卖。"唉，他还是没抓到中国菜精髓。买完海鲜后，我们又到附近中国超市，他充满兴趣研究中式调味料，学习不同白米的差别，我一一详细解释，就像一个烹饪课老师。

一回到家，我们就迅速冲到厨房，各自穿上围裙，开始料理自己选购的食材。吉姆马上拿出了中式大炒锅和各式调味料，我开始切葱、姜、蒜等配料，将鲑鱼头切成两半放入煮沸水中，向他要了白酒当米酒使用，接着放进姜丝和葱段，鲜美鲑鱼头汤芳香四溢，芭比表情怪异说："我们家厨房从未有过这种奇特味道。"吉姆在一旁架势十足炒面，我负责炒饭，接着又炒了一盘蔬菜鸡丁和蒜泥大虾，我问他这些食物三个人吃会不会太多，他直说没问题，剩下的冰在冷冻库，他可以天天吃中国菜。

芭比看我们两人在厨房快乐的模样，笑得合不拢嘴："我就知道会这样，我看你可以一直住在我们家，吉姆真是太快乐了，这样我就不用做菜，天天享受。"面对一桌中国菜，他们举杯庆祝我完成旅程，吉姆吃得肚子都撑起来了，后来，他试吃了一口鲑鱼头汤，还是无法接受，芭比则是一口也不敢吃，真是暴殄天物，一大锅鲑鱼头汤只有我独享。

隔天早上，芭比知道我爱吃蓝莓煎饼，特地拿了她夏天采的蓝莓解冻作煎饼给我吃，老祖母甜点，非常道地，她还告诉我，为了谢谢我昨天煮大餐，她今天买了很多昂贵水果，准备好好慰劳我。

就像前世家人

芭比特地陪我搭车到温哥华市区的台北"办事处"，我拿了很多台

吉姆爱吃中国菜。

湾地图和旅行资料，认真画卡片，一一写好地址，连同洗好的照片，寄给旅行中认识的朋友。芭比看我努力又画又写，若有所悟地说："你一定很怀念他们。"当她最后发现自己也有一份时，像小孩子一样高兴："我好喜欢你画的图，纯真可爱。谢谢你！"相信其他收到信的朋友，一样很开心。

中午，在《世界日报》担任记者的忆欣招待日本料理，温哥华以海鲜闻名，日本餐厅很受欢迎，她听我谈四个月旅程中的奇遇，移民多年的她感到很不可思议，当她为我和芭比拍照时，直说我们长得很像，我和芭比相视而笑，仿佛一家人。

傍晚，吉姆和芭比的女儿和女婿带着两个可爱孙子来访，热闹滚滚，他们可能是来察看一下，年老父母为什么忽然接待陌生人，看我没有危险性就放心了。三岁亚历山大非常可爱，奶奶叫他把饲料装在喂食

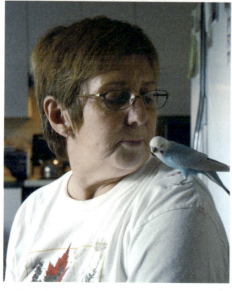

我的加拿大家人。

器里，一个可以赚五毛钱，他就认真一个个装好，领了工钱还会数好放在口袋里，当他和大狗拉斯可玩成一团，我在一旁抢拍精彩镜头，加入大战，场面更是混乱。

爱开玩笑的吉姆是冷面笑匠，总是面无表情说笑话，让大家笑到肚子痛。闲谈间，他分享了他人生转捩点，三十多岁那一年，他厌倦了城市生活，不想再当朝九晚五上班族，听朋友说北边乔治王子城（Prince George），有一块土地要出售，飞去看了以后回来问芭比："我们搬到乡下，你觉得怎么样？""为什么不呢？"结果，两个疯狂的年轻夫妻不顾亲友劝告，把全部家当搬到露营房车上，带着三个小孩搬到人生地不熟的乡间，从来没学过建筑的吉姆，平常喜欢木工，在当地学会了盖房子，二十多年的工作中，他最得意的是独立完成了六七栋大型木屋，到现在回去看自己作品，一门一窗都充满了感情。

他说："在乡下花费少，容易存钱，可以自由选择喜欢的生活方式。"我告诉他："我的梦想就是在森林的湖畔盖一间梭罗式小木屋，可以晴耕雨读，过简单生活。"我在纸上画了理想蓝图，问他像这样的小木屋要花多少时间盖，他看了一下说："这个很简单，只要把尺寸给木材公司，请他们事先把木材编号，大概只须要两三个星期就可以盖好了。"我热切看着他："将来等我买了土地，招待你们来台湾玩，顺道和我一起盖小木屋。"他肯定点点头，表示一言为定。

两年前，两人已快六十岁却又决定回温哥华陪年老的母亲，又有朋友说："年纪那么大，回到城市会无法适应，更不容易找到工作，退休生活会很辛苦。"搬回温哥华不久，两人却都很快找到工作了，看他自在神情，两夫妻相知相惜，一生畅快，不在乎别人看法，勇于追求独特生活方式。不过，他提到女儿和女婿最近买公寓，价格昂贵，年轻一辈生活压力比他们大多了。

在他们家几天，吉姆无怨无悔担任司机，带我回台湾友人家拿原来寄放行李、和朋友碰面、买东西、拿照片，又重新帮我把行李细细打包，绑上牢固绳子，我平常结束旅程时要花很多心力整理，这次轻松多了，在温哥华这几天，放慢旅行节奏，就像交响乐最后的休止符，在回家之前，好好休息一下，准备迎接新的生活。

最后一晚，芭比感谢我，她说："你是一个非常有纪律的人，总是自动自发帮忙，又带来那么多精彩故事，让我们重新认识加拿大。"吉姆马上接着说："那是因为你长得可爱，又是从遥远的台湾来，我们才会邀请你，如果是加拿大人，那就得去睡街上喔。"大家不禁哈哈大笑，原来加拿大人也是"远来的和尚会念经"，对本国人就是"近庙欺神"了。

充满爱的旅程

离开那天早上，芭比因为前一天上夜班，由吉姆开车送我到机场，告别时，芭比眼眶闪着泪水说："不知道为什么，感觉你好像已经属于这个家了，真不想让你离开。"我紧紧抱着她："你放心，相信我们很快会再见面的，你们已经是我的家人了。"

开车到机场途中，吉姆不忘开玩笑，说我小小一个人带了小山般行李，他问我在其他国家旅行时都怎么处理，我看着他说："我从来没有烦恼过，事情总会顺利进行，只不过上天这次派了你这位天使来护送我，让我非常轻松。"陪我在航空公司柜台前排队，吉姆表情僵硬，似乎怕落下泪来，依依不舍向我道别，我告诉他我一定会买一块土地，请他来帮我盖小木屋，他开心说："没问题，一间梭罗式小木屋。"

后来，接到芭比伊妹儿，说我离开后大狗拉斯可一再到楼上房间找我，小孙子亚历山大也会问我到哪里去了，他们全家都很怀念相处时光。

真的要回家了，看着窗外云层，感觉好像做了一场很长的梦，这次旅程和我出发所想的完全不同，这样的旅行，以后也不会再经历一次，大部分时间，在荒野中一个人静静独处，和六年前相比，更能享受孤独。

以前的我就像一道小烛光，光线微弱，仰赖沿途的人一路加油，才能持续旅程。这一次，却像拿着火把前进，一路照亮陌生人的心，尽我所能和偶遇的人分享生命喜悦，关怀对方，时间很短却有很深交会，分手时从对方感激眼神中，才知道现在的我，拥有神奇力量，给对方带来很多刺激，更加了解自己。

所有往外追求的历险，最终都是探索自我的旅程，全身充满了电，就像超强电池一样。旅行，是最好的学习，回家，是旅行的完成和圆满，加拿大夏天，充满甜美的回忆，加拿大就像我的秘境，只要闭上眼睛就能回去，一段永远难忘的奇妙旅程。

在机场和吉姆道别。

单车骑士，就像是在游牧民族之间来往的骆驼商队，带来外界的讯息，产生撞击，再带走新的故事，到下一个绿洲，传递不同地区的生活经验和哲学。

读者分享

双骑横越加拿大

http://www.wretch.cc/blog/iristhomas
（单车旅游博客）Iris & Thomas

我想先向存青和心静道谢，因为你们的示范与分享，二〇〇七年我们到加拿大骑单车，从太平洋到大西洋，完成我们心中的梦想，谢谢你们。

我喜欢看旅行文学，沉浸在旅行的氛围中，第一次看《单车环球梦》时，很轻易的就掳获我的心，存青和心静旅行的目的，看见的风景，心灵的启发，和一般旅游类书很不一样，读起来有深深的共鸣。冒险的历程，生活的笔触，细腻的心思，跟着她们，用单车的速度，看见不一样的世界。

随着自己开始接触露营、登山、背包旅行，到短程单车旅行，心中一个小小梦想的火苗点了起来，我是不是也能亲身经历那些旅行文学书中看见的旅程？带着简单的行李，用缓慢的速度，去看看大山大水大草原，《单车枫叶情》把这小火苗烧成了大火，我们决定辞职去加拿大单车旅行。

二〇〇六年底，我正在向我的家人说明在加拿大骑单车的概念，他们身边完全没有人做这样奇怪的事情。我先生在网络上收集许多国外的经验与照片，回答他们怎么住，怎么吃，安不安全的问题，同时我向存青买了一套《单车环球梦与单车枫叶情》礼盒，送给我家人，我自己买的书还舍不得借出去，因为会时时拿起来看。《单车枫叶情》里面的故事说明了一切，也请存青写一些字送给我外甥，希望鼓舞他探索广大的世界，我不知道我父母有没有因为书中这些文字而理解我们想要去做的动机，我的姐妹倒是一打开书就阖不上，彻夜读完。

当然我自己是受到这本书的影响很大的，存青和心静鼓舞了我出发的勇气，在旅途中，我们也相信人性本善，会帮助需要帮助的旅人。在北美大草原遇到雷雨时，我就像王志宏在序里面所写的，按了陌生人家的门铃，请求协助，屋主宝玲不但请我们进屋去躲避雷雨，还请我们吃三明治，我们请她喝台中日月潭的日月红茶，大家聊天聊得很开心。

有时候在连续不断的城市边缘骑得很空虚，在一个小小餐馆里吃完饭，知道我们正在长途旅行的老板娘忽然就走出柜台，张开双手对我说："亲爱的，让我抱一抱你吧！"一个满满的拥抱，在餐馆昏暗的光线中我眼角泛着泪，喃喃地在她耳边不断重复说着："谢谢！"我真的好需要这样的拥抱，在这个时刻，走出餐馆，我又有满满的动力可以跨上单车出发。

不只如此，在四个月旅程中，我们遇到八个陌生家庭主动邀请我们到他们家里去住，好几个人请我们到他家休息，吃一顿大餐，更有无数的陌生人给我们关怀与鼓励，这些在存青和心静的旅行游记中经常看见的，我们真实地感受到了。带着无尽的友善与祝福回来，包含在台湾各地旅行时遇见无数善意的陌生人，我们知道我们没有办法回报他们，最好的方法就是把这样的善意传达出去。

以前的我不敢把目光和陌生人相对，现在的我会把微笑送给身边所有认识、不认识的人，我的微笑力量很薄弱，只希望能够温暖身边刚好需要的人。无法详尽描述的是每个人的旅行带给每一个人不同的意义，那些心灵的触动，只属于自己，真的出发了，属于自己的旅程就会展开。

给正在规划旅行或者正在梦想着旅行的人，许多人在你们前方的旅途中等着给你们加油打气，就像存青和心静持续不断的无私分享，你们梦想的实现会触发下一个人踏上他的梦想，去做吧！出发吧！希望一棒接一棒，能够鼓励更多的人圆梦。

我的单车梦

http://blog.yam.com/jeff1127
（插画家）张真辅

二〇〇五年，一直想自由创作及冒险的我，决定离开一成不变的工作和生活，所以毅然结束多年的上班族生涯，想在跨入三十而立之年有新开始，努力让自己的生活有不一样的色彩。

在单车旅行时为了节省住宿费，时常得想办法，记得看《单车环球梦》和《单车枫叶情》时，书中提到像是陌生人的接待、野地露营，或是主动敲人家的门请求协助等等，这些都是我以前没做过的事，甚至出发前连帐篷都不会搭，旅途中遇到一些突发状况，也是一种学习经验。

印象最深刻的是，在澳洲单车旅行时，第一次被热情的陌生人邀到家里住，他们把我当成老朋友般热情招待，原本心里还担心着，没想到相处愉快后，他们留我多住一段时间，也认识更多当地的朋友，心想我是何其幸运能遇见这些善良的朋友。离开时和大家拥抱道别，朋友告诉我："我们藏了一把钥匙给你，欢迎你随时再回来。"那是一种与家人告别的心情，这样的感动在后来的单车旅行中不断上演。在大洋路时被强劲的冷风吹得举步艰辛，脑海中想到心静在这段路上发生的严重意外，差点让她们放弃梦想，但她们并没有因此放弃；在墨尔本巧遇澳洲骑士史蒂夫和来自日本的爱美子，分享他们的单车环球经验，他们也提到台湾的Vicky和Pinky，让我对单车旅行有了坚定的勇气。

骑单车旅行后，发现人与人之间的距离越来越近，不需要太多的语言，只要有一颗开放善良的心，一切似乎就没那么困难。在欧洲旅行时，即使语言不通也受到许多帮助，有一次在西班牙南部，受到一群陌生朋友的热情招待，虽然语言不通，但透过比手画脚沟通一起度过美好时光。旅行中也会发生不愉快的经验，记得在西班牙被陌生人载到荒郊野岭，他们想扣留我为他们工作，但这不是我的旅行计划，在无法沟通的情况下，惊慌地趁夜深人静逃离；在巴黎被诈骗集团包围时急得想脱困；在英国单车被偷等等。这些状况都考验着自己的选择和勇气，是否该继续？旅行中的故事不断发生，不管好坏都是刻骨铭心的记忆，我常想，若不是骑上单车开始旅行，这些故事会发生吗？答案当然是不会，我还是爱上这样的旅行。

单车旅行游历世界后，让我更深体认到台湾是个宝岛，我们何其幸福能生长在这块土地上。旅行结束后，我选择回到云林老家，过一种更慢速的生活，投入更多时间在创作上，也重新看待从小生长的家乡，发现许多以前没注意到的美好事物。回乡这几年刚好社区积极推动再造，义不容辞尽自己专才，教导社区大小朋友动手画画及美化社区，希望云林能在大家的努力下变得越来越美。

我还是会继续带着画笔骑单车去旅行，实现"我的单车梦"，相信《单车环球梦》和《单车枫叶情》也将持续不断地引爆更多青春热血的心，带回更多更棒的故事。

热爱单车、旅行、插画的真辅。

看见幸福的光

（广播节目主持人）**宋嘉沛**

第一次认识存青和心静，是在金石堂的书本里，十八岁的我，才刚学会骑单车，当下被书名五个大字《单车环球梦》所吸引，她们的想法和行为让我震惊，对于两个女生骑单车旅行，心中有个大疑问："载着这么重的行李，跨越欧洲，不累吗？"

后来找到她们的网站，才知道二〇〇四年底，两人推出新作品《单车枫叶情》，二〇〇五年二月将在诚品旗舰店的旅游讲座分享。一边读着网站内容，心跳速度持续加快，告诉自己要努力约访，原本计划着如果她们很忙，也许我带录音机至讲座现场录下内容，再进行随机访问，没想到经由电话联络，她们答应进电台录音，兴奋的心情难以言喻，甚至不敢相信即将和她们见面。

收到书后，无论是搭乘捷运、睡前、早起时，加上访谈当天，读了又读，书里的人物故事，让我在冷天里感到温暖无比，多次差点眼泪夺眶而出，累积满满的疑问也在序及书末"两人三脚的旅程"得到解答，加拿大单车之旅由存青独自完成，好友心静却能用文字完整、丰富地呈现她旅途所见人事物及心中感触。

见到她们前，我焦虑地准备访纲，紧张到胃痛。接着，她们准时出现，我先和她们分享，第一次在书本上认识她们的感觉，我们一见如故，明明是介绍新书，却像是做人物专访，两位热爱旅行的好朋友默契十足，录音过程中常常出现的景象：心静说话时，存青专注地看着她，存青逗趣说故事时，心静低着头会心一笑。

提到写书过程，她们闭关不和外界联络，心静专注聆听，观看存青记录的一切,然后查阅资料,埋头苦写,完成一篇篇的精彩故事。存青说,当她看见某些片段,感到意外又惊喜,因为一些小细节,她根本没说,但心静却感同身受地写出来,仿佛这一趟加拿大之旅,她也同行参与;心静表示,她从没去过加拿大,但写完书后,她和曾去过的朋友,只要一聊起加拿大,竟可畅谈一两小时。

访谈结束,我感到开心不已,直到挥手说再见,目送她们离开电台,我的情绪都处于兴奋状态,不自觉得意地大笑,我喜欢充满自信的存青和心静。想起存青说的话:"梦想很重要,但是能够实现梦想的人很少,现代人生活步调太快速,一心只想拼命赚钱提升生活品质,却忘记最重要的梦想,每个人都应该追求快乐与健康,更要一步一步实践梦想!"

现在是大半夜时间,虽然眼皮越来越沉重,不过,我的亢奋情绪,真的难以平静。

感谢你们,点亮了这个冬天!

全世界的旅伴

（幸福烘焙师）江秋华

在寒冷夜晚，一口气把《单车枫叶情》看完，已近午夜，心里却有满满暖意及勇气，好想体会"一个人，却好快乐"的从容感觉。

书中最触动我的一句话，当日出问："在人生旅程中，对你而言，最困难的是什么？"存青直觉回答："了解我自己。"当下多次来回仔细阅读，深怕遗漏哪个字句，就不知道如何了解自己，因正处于暂停脚步的阶段，要打破身上的石膏，摆脱束缚，真实面对自己，倾听内在渴求，才能够享受孤单。

我想旅行对每个人都有不同面貌及诠释方法，寻找最贴近自己的方式，不变的是渴望心灵上获得满足。出发的目的与旅程最后所得到的不尽然相同，可能会有些许的失落，旅途中与他人擦出火花，就像是各式各样的调味料，加在人生这大锅菜里，酸甜苦辣，增添丰美滋味。

因为存青懂得自在从容地过每一天，所以在旅行中就像当地人，融入每一个城镇，不因它外在环境差异而变化，她乐观开朗的性格吸引，激发每一个陌生人的善意，分享彼此的生活经验及价值。存青在旅途中结识许多传奇人物，如《岛居岁月》的作者希拉蕊、走过生命幽谷的雷小姐、安默斯特力抗癌症的凯西，面对生命绝不放弃，还有沿途好多温暖的朋友，友谊的花朵一路绽放，虽然是一个人的旅程，却拥有全世界的旅伴，谱成一篇篇惊奇又欢乐的精彩故事。

从小就是存青和心静的忠实观众，参与好多梦想实现的时刻，让心中种子悄悄发芽，也因她们鼓励，从没独自出境的我，五年前决定辞掉工作，停下繁忙脚步，踏上至新西兰、澳洲打工度假的旅程。从一开始的紧张焦虑,到后来适应当地的悠闲步调,在旅行中探索自我和体会独处的快乐,面对陌生的国家、语言和文化,学习真心关怀相遇的朋友。最难忘的是在新西兰南岛,遇到丽姿和克里斯夫妇,一起整理青年旅馆、做点心,像妈妈般照顾我的丽姿,还帮我矫正许多英文发音,这一切都是从真诚分享开始。

在各国旅行后增长了知识及经验,培养了解决问题及独立思考的能力,回到台湾地区后,在职场上晋升为管理阶层,更懂得和团队合作一同前进。在繁忙上班生活里,也懂得停下脚步,欣赏美的事物,生命里总有在乎的事,那就是让自己快乐,让别人温暖。

最后只想说声:存青,谢谢你带给我的感动!

新西兰北岛陶波湖Tongariro Crossing。

【单车旅行路线】

■ **Vicky 单骑路线——**

Part 1 温哥华（Vancouver）➡ 温哥华岛与周边群岛（Vancouver Island）

Part 2 温哥华 ➡ 洛矶山火车之旅 ➡ 温尼伯（Winnipeg），明尼托巴省 ➡ 雷霆湾（Thunder Bay）➡ 苏珊玛利（Sault Ste.Marie）➡ 渥太华（Ottawa），安大略省 ➡ 蒙特利尔（Montreal）➡ 玛格（Magog），魁北克省

Part 3 USA 边境 ➡ 新港（Newport）➡ 圣约翰斯伯瑞（St.Johnsbury），佛蒙特州 ➡ 威斯特摩兰（Westmoreland），新罕布什尔州 ➡ 安默斯特（Amhest）➡ 康科德（Concord），马萨诸塞州 ➡ 奥斯维果（Oswego）➡ 罗切斯特（Rochester），纽约州 ➡ 尼亚加拉瀑布（Niagara Falls）➡ 加拿大

Part 4 加拿大伦敦（London），安大略省 ➡ USA 边境 ➡ 安娜堡（Ann Arbor），密歇根州 ➡ 加拿大伦敦（London）➡ 剑桥（Cambridge）➡ 多伦多（Toronto）➡ 布莱敦（Brighton）➡ 金斯顿（Kingston），安大略省 ➡ 蒙特利尔 ➡ 魁北克城（Quebec）➡ 洛普河（Riviere-Du-Loup），魁北克省 ➡ 北安普敦（North Ampton）➡ 圣约翰城（Saint John）➡ 汉普敦（Hampton）➡ 蒙克顿（Moncton），新伯伦瑞克省 ➡ 哈利法克斯（Halifax），新斯科细亚省 ➡ 飞机 ➡ 温哥华，不列颠哥伦比亚省

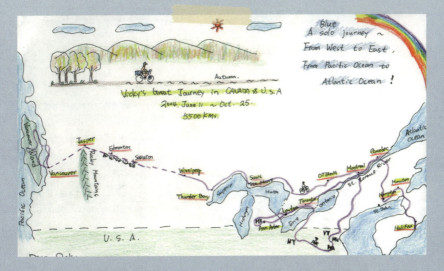

■ Vicky 推荐路线——

加拿大是最适合体验单车旅行的国家之一,可依照假期长短规划单车之旅。

一星期路线:
温哥华市区和环乔治亚海峡一周(温哥华岛西岸和阳光海岸)。

两星期路线:
路线一:温哥华和温哥华岛东西岸单骑。
路线二:洛矶山脉单骑(杰士伯到班夫国家公园)。

一个月路线:
推荐全球最顶级的两铁(铁道+铁马)旅行路线:从温哥华搭火车到杰士伯,途经洛矶山脉(全世界最美的铁道景观之一),享受自然美景,从杰士伯出发骑冰河公路到班夫,往西经悠鹤国家公园骑回温哥华。

两个月路线：

路线一：单骑横越加拿大（从不列颠哥伦比亚省温哥华到新斯科细亚省哈利法克斯）。

路线二：单骑由阿拉斯加出发沿阿拉斯加公路到加拿大洛矶山脉，经悠鹤国家公园骑到温哥华。

- 阿拉斯加与加拿大北部适合骑乘季节：夏季（六到九月）。
- 若计划由阿拉斯加出发，可直接搭机到安克拉治市或从温哥华搭游轮到安克拉治市，沿途欣赏海岸风光，再骑阿拉斯加公路南下回到温哥华。
- 在洛矶山脉杰士伯和班夫国家公园单骑旅行，留下毕生难忘的奇妙经验，感觉像是乘着风和麋鹿、山羊共舞在山林中，这个地区最常见的野生动物有长角麋鹿、扁角麋鹿、小鹿、长角山羊、山羊，和小型动物如金花鼠、土拨鼠及各种鸟类，整个山区就像是一座开放式的野生动物园。骑单车和露营的旅行方式，最容易与野生动物近距离邂逅。

■ 加拿大温哥华岛和周边群岛 介绍——

温哥华岛面积和台湾岛接近，人口约七十万。
温哥华岛官方网站 http://www.islands.bc.ca/

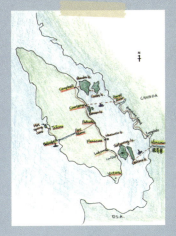

主要城市	交通
维多利亚（Victoria）	措瓦森（Tsawwassen，温哥华南方）和温哥华岛渡轮连接港口城市
纳奈莫（Nanaimo）	马蹄湾（Horseshoe Bay，温哥华北方）和温哥华岛渡轮连接港口城市
科特尼（Courtney）	巴克雷湾（Buckley Bay，位于科特尼南边的渡轮码头）可搭渡轮到丹曼岛（Denman Island）和虹比岛（Hornby Island）
坎贝尔河（Campbell River）	坎贝尔河可搭渡轮到瓜达拉岛（Quadra Island）和科提斯岛（Cortes Island）
亚伯尼港（Port Alberni）	亚伯尼港可搭蒸汽渡轮到乌克雷特（Ucluelet），航程约4小时 Lady Rose Marine Service http://www.ladyrosemarine.com
乌克雷特（Ucluelet）	温哥华岛西岸主要城市
托菲诺（Tofino）	托菲诺以冲浪、独木舟、赏鲸、海钓等户外活动闻名，可搭渡轮到岩穴温泉岛（Hot Spring Coves），约四十分钟 http://www.my-tofino.com/
BC Ferries' Service Http://www.bcferries.com 可上网查询时刻表和价格	
有些渡轮沿途会停靠南湾群岛（Southern Gulf Islands），如：加利安诺岛（Galiano Island）、盐泉岛（Sault Spring）、南北潘德岛（North & South Pender Islands）	

【单车旅行实务】

■ **单车选购**

短途单车旅行，装备重量轻，车架材质可考虑重量较轻的铝合金与碳纤维；但长途单车旅行，单车需加装前后置物架，挂载四个马鞍袋，为了承载较重的装备，最好挑选稳定性较高的铬钼钢车架，以避免长时间重压下车架变形。在美加地区较不用担心单车维修和零件更换问题。

■ **配备选购**

除了单车骑士的基本配备（如安全帽、车衣裤和手套等），单车旅行最重要的是马鞍袋以及维修工具的选择，马鞍袋以防水耐用、方便拆卸为首要考量，维修工具则以多功能、轻巧实用为主。

■ **行李打包**

针对路程长短、食宿、预算、气候等条件准备，如帐篷、睡袋、睡垫、炊具、炉具、排汗衣、防风雨衣等，事先放在马鞍袋中打包，至于安全帽和部分单车配备可放置在单车纸箱中。

■ **单车运送**

依过去出境经验，拆前轮、行李架、踏板、椅垫和龙头，然后打包装入纸箱，可尽量避免在运送过程中受损。登机时单车可当作行李托运，只要不超过航空公司行李限重，会有专人搬运大型行李。在购买机票时，说明将携带单车。抵达当地机场出关后，将纸箱丢弃，单车组装后即可上路。

■ **单车维修**

单车行进中，最易发生的是破胎，其次是轮圈钢丝断掉，其余零配件的损坏，主因是产品寿命与里程到达使用的极限，因此出发前，最好将内外胎、刹车线、变速线、刹车片、链条等消耗零件更新，并需携带备用零件。

■ 单车旅行装备（Vicky 提供参考）

单车装备	马鞍袋四个、车手袋、计速码表、Topeak 多功能工具、补胎片、润滑油、内胎（2）、打气筒、头灯、安全帽、遮阳帽、单车手套、太阳眼镜
露营装备	帐篷、睡袋、充气式睡垫
野炊装备	瓦斯炉、铝制锅具、打火机、瑞士刀
衣物	单车短衣裤和长裤、Gore-Tex 外套和长裤、保暖外套和长裤、其他衣物、运动鞋及运动凉鞋
个人用品	盥洗用具、防晒油、护唇膏、细登山绳和晒衣夹、针线包
医药用品	碘酒、消毒水、棉花、纱布和胶带、OK 绷（创可贴）、感冒药、肠胃药、按摩药膏
相机配备	数码单眼相机（Canon）、数码摄影机（Sony）、转换插头、IBM 笔记型电脑
重要财物	随身护照袋（护照、机票、美金旅行支票、加币现钞、信用卡、借记卡）
地图资料	加拿大各省地图、Lonely Planet 旅游指南
其他	日记、文具包、名片、计算机、外交机构驻外单位名册、书籍、文房四宝、小礼物、茶叶

※ 行李总重量约 20 公斤，单车重量约 17 公斤。

【单车旅行Q&A】

食

若要自己炊煮，就需携带炉炊具，炉具的选择上以坚固耐用、重量轻为原则，若使用汽化炉，可随处补充燃料（汽油）；在美加、新澳、欧洲等国家，可考虑体积轻便、操作简单的瓦斯炉，瓦斯罐燃料容易购买。

沿途多吃新鲜蔬果，以少量多餐为佳，随身准备巧克力和干粮，适时补充体力，若前往人烟较少的地区，出发前别忘了检查食物是否足够。

衣

服装的方面，骑乘时可穿着舒适的自行车衣裤，至于其余衣物，以精简、快洗易干的排汗衣裤为主，如遇冬季或需行经一些高海拔地区，须携带品质好、保暖性高的御寒衣物，如防风防雨透气裤子与保暖夹克。

住

大城市的青年旅馆容易客满，出发前最好先预定，抵达后可前往游客中心索取沿途住宿相关资讯。

1. 露营区：美加地区有许多设备完善的露营区，可携带重量轻、体积小、防水性、保暖性高的帐篷与羽毛睡袋，享受露营的乐趣，长时间旅行亦可节省经费。
2. 野外露营：可直接询问当地人安全地点，通常会在公园或湖边，确认安全的地点扎营。至于盥洗问题，可至投币式洗衣中心附设的淋浴或露营区付费洗澡，夏天在五大湖区几乎每天往湖里和河里跳，倘佯在清澈的湖水或河水里，享受天然沐浴。

3. 青年旅馆：大城市可住宿青年旅馆，除费用经济外（通常床位一晚约 10~15 美金），还可以认识朋友和交流旅游资讯。
4. 当地民宿：在乡间住民宿，可以增加和当地人交流的机会，较舒适且有个人空间。
5. 汽车旅馆：在美加城市周围多有经济型汽车旅馆，费用较一般旅馆和饭店便宜。
6. 当地人家：在美加地区，常受邀到当地人家里做客，或在他们的院子里露营，有时会在小镇教堂、消防局或游客中心外面露营，最好先征求当地居民同意。

行

加拿大主要城市如温哥华、渥太华、多伦多、蒙特利尔等都有完善的自行车道,市区地铁、巴士等交通工具也很发达,魁北克省单车道规划很完善且有专用地图和书籍介绍,可在当地旅游局或书店买到。加拿大国内交通有铁路和长途巴士,搭乘火车可携带单车,但搭乘巴士须将单车装箱才可托运,两者皆须另付费。

天气

加拿大属温带气候,夏季气候干爽舒适适合旅行,记得携带足够的保暖衣物,九月底十月初天气开始变冷,部分地区可能十月就会开始下雪,早晚温差也较大。加拿大各地区最新气候网址:http://weather.ec.gc.ca。

安全

避免在夜晚、下雨或浓雾视线不良时骑乘;女性尽量避免独自出入复杂的场所或接受单身男子的邀请,以避免不必要的麻烦。路程中有突发状况或困难,可以到当地警察局或向本国的驻外机构寻求帮忙,出发前可上

温哥华岛非常适合玩海上独木舟和各种水上活动。

网或向外交部门索取驻外的联络资料。

健康

若计划三个月以上海外单车旅行，出发前记得做身体和牙齿检查。随身携带常用药品如感冒药、肠胃药、止痛药、维他命、擦伤止血和按摩药膏（单车旅行必备）等医药包。女性生理期期间最好安排休息一两天，不做长距离骑乘。

财务

可随身携带现钞和旅行支票、借记卡（可在当地提款机提领现钞）和信用卡。Vicky 横越加拿大之旅，带了一千二百元美金，四个半月单车旅行花费不多，大约六万多元台币（不包括机票和火车票）。

签证

二〇一〇年十一月底起加拿大对台湾地区免签证六个月，另外加拿大提供青年交流签证，让十八到三十五岁的台湾年轻人能透过旅行、生活、工作等体验，深入了解加拿大的语言、文化、社会。

以上是单车旅行的心得整理，希望能提供向往单车旅行的朋友们参考，也欢迎有兴趣的朋友，到单车环球梦网站讨论区交流：http://www.vickypinky.com。

致 VP 读者的一封信：

我在当下产生了一个心念，轻闭双眼时第一时间想到你，
你也立即接收到我的心，这是沟通最短的距离——心意相通，
无须言语无须说明，美丽的旋律在宇宙中飞舞，穿越时空的浪漫。
这次 Forever Young 纪念版的营销方式——心意相通，
回归创作者和读者最原始的交会。

从《单车环球梦》和《单车枫叶情》Forever Young 纪念版的发想，原本以为只是把旧作重新编辑，没想到回顾过去十年生命的旅程，不知不觉我们又走进黄树林里那条人烟稀少的小径，展开了意想不到的心灵探索。

《单车环球梦》以崭新面貌和大家见面，结合心静的文字和存青的摄影，还有十年来的生命体会和友谊故事；《单车枫叶情》以充满能量的文字和摄影说故事，让读者融入书中情境，感受"天人合一"的快乐。

除了自己珍藏，您还可以送给亲朋好友、同事、外国友人等，或者透过支持"单车环球梦 Forever Young"校园演讲，将书送给学校图书馆和偏远地区学生们。

《单车环球梦》和《单车枫叶情》这两本书，已不再只是 Vicky 和 Pinky 的探险旅行故事，而是用梦想和爱将世界联结起来的魔法书，是我们结合台湾地区和全世界光明的能量，希望激励年轻旅人出发寻梦和延续善意的生命教育故事。

诚挚邀请您，让我们一起点燃生命的热情照亮世界吧！

Vicky 和 Pinky
2011 年 3 月
于出版前夕

感谢大咪哥和小云妹的陪伴，它们是蓝色空间最忠实的伙伴。

藍色空間
Blue Studio 的故事

一九九八年元旦,诞生于中国台湾省台中市,以"旅行"、"梦想"、"出版"、"沟通"、"网站"为核心的开放性创意平台。

Vicky 和 Pinky 一对热爱旅行勇于筑梦的好朋友,一九八九年在大学相遇,开学第一天到郊外"猫空"茶园探险,差点赶不上注册,大一寒假到北横健行,大一暑假到中国大陆自助旅行,从此展开二十多年旅程。

在路上,领悟到真正的学习是在路上。

一九九八年到二〇〇一年,Vicky 和 Pinky 共花了九百二十二天,双骑踩踏过五大洲、游历三十二国;
二〇〇七年夏天,再次从台湾出发,
以两百天完成协力车环中国海五千公里长征;
二〇〇八年双骑挑战海拔超过五千公尺的青藏高原,
在西藏拉萨为单车环球十年画下圆满句点。

林存青 Vicky 是 AB 型狮子座,擅长影像,动作快;
江心静 Pinky 是 A 型双鱼座,对文字敏感,慢条斯理。
两人发挥创意、结合专长,将兴趣与工作结合,
成立蓝色空间 Blue Studio 和单车环球梦网站 www.vickypinky.com 。

Vicky 和 Pinky 一年中有三到六个月的时间旅行,
以世界为家,探索自我,开拓视野,透过演讲、教学、网站和出版,
传递实现梦想、热爱生命和全球关怀的理念。

一路洒下的梦想种子,纷纷开花,结果,长成大树,
早已变成一座啁啾森林,生气盎然……

这本书是一份祝福——
祝新的旅人,永远年轻,上路吧,你的道路在前方。

图书在版编目(CIP)数据

单车枫叶情/江心静,林存青著.—上海:复旦大学出版社,2015.1
ISBN 978-7-309-10060-0

Ⅰ.单… Ⅱ.①江…②林… Ⅲ.游记-作品集-中国-当代 Ⅳ.I267.4

中国版本图书馆 CIP 数据核字(2013)第 218860 号

单车枫叶情
江心静　林存青　著
责任编辑/邵　丹
复旦大学出版社有限公司出版发行
上海市国权路 579 号　邮编:200433
网址:fupnet@fudanpress.com　http://www.fudanpress.com
门市零售:86-21-65642857　团体订购:86-21-65118853
外埠邮购:86-21-65109143
上海丽佳制版印刷有限公司

开本 890×1240　1/32　印张 9.25　字数 215 千
2015 年 1 月第 1 版第 1 次印刷
印数 1—5 100

ISBN 978-7-309-10060-0/I・800
定价:48.00 元

如有印装质量问题,请向复旦大学出版社有限公司发行部调换。
版权所有　侵权必究